羽菡◎著
大雪在人间

自　序

我爱诗，也爱散文。

诗可真不好写哪。诗人写不了危险的诗是危险的事，这个没办法，这个急不出来。

有些题材不能入诗的，便入了散文。

本没打算这么快又出本集子，可是就像走路，就像做梦。

很多时候，梦好像废墟地层的东西重见阳光。我的梦有续集，一个梦接着上一个梦，赶不走，还断不了。有一次，走了几条街，折返。看街道陌生而静默，人们各忙各的。转进一巷口，观光客三三两两，我曾来过这儿，但不是我的去处。折返。外套没穿，一惊，我是刚跑出来的吗，我要去哪里。

往前走走，棉花地里有人在摘棉花，看一位熟练地捻取一朵朵，并不说话。有时我想，每个人都有自己的一亩棉田，有人在剥棉桃，有人在追蝴蝶，有人架起画架涂绘乞力马扎罗的雪。

在海明威笔下，皑皑白雪覆盖下的乞力马扎罗山被称为上帝的庙殿。在乞力马扎罗山西高峰的近旁，有一具已经风干的豹子的尸体。豹子到高山巅峰去寻找什么，没有人作过解释。

2019 年元旦，上海的天空飘雪了。

雪是人间圣洁的东西，或者爱或者苦难，是可以融化却又循环往复，是既脆弱短暂却也有着杀伤力和永恒的东西。

这本小书与雪有关。

2020.2

目 录

墨色中的地平线

在花朵细小的内心

比一片云更轻或更重

大雪，落在南方的大地上

墨色中的地平线

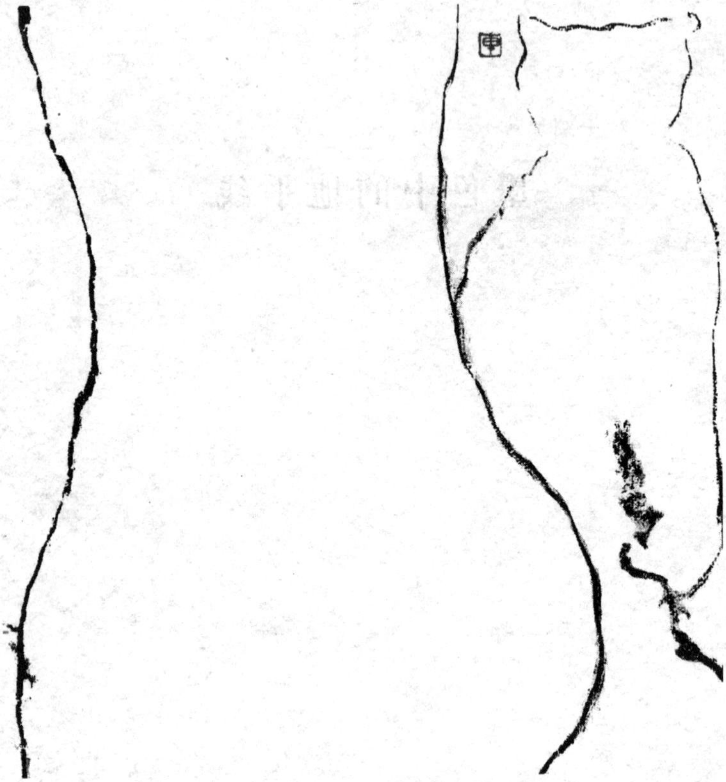

楚默与廖昌永

一

崇明楚默学术馆的展厅挂着一幅大字——“游于艺”，这是著名歌唱家廖昌永先生的墨宝，旁有小字题跋：楚默先生嘱之，小子敢不从命。落款：昌永丁酉仲夏。

“游于艺”，取自《论语·述而》：“志于道，据于德，依于仁，游于艺。”说的是对中国文化的非功利的超脱态度，我理解为一种生活艺术，一种追求。这件书法作品是廖昌永于 2017 年 8 月创作的，完成后他微信发我，我说大字书法难写，写成这样见出一定功力了。他高兴地说：“那就它了。”我当日便到昌永老师家取了作品。楚默先生赞道，“游于艺”笔力扛鼎，气象正大。

2016年寒假，我又来到崇明，体验瀛洲古调中的生活。楚默先生的小屋在酱园路，“酱”让人想到宋张九成“烹庖入盘俎，点酱真味足”。酱有偏咸、偏甜、偏酸的。出产什么味的酱，全看楚默老人当日聊些什么了。

他没穿那件湖蓝色四个口袋的衣服，这件20世纪80年代的布质“干部装”只在庆典日子才穿。湖水般的蓝，蓝成没有雾霾的天空。

没有空调，只有热茶水。不断地续杯，可御寒。谈起音乐，楚默说，关于西方经典歌曲，他听过一部分，但不想作评论。而流行歌曲，他很愿意说说好在哪里。他从降央卓玛谈到“凤凰传奇”，又谈到春晚蔡明与廖昌永的合唱。

楚默说，廖昌永是经过内心的体验，表达内心情不能已的东西，故歌声宽而能静，他有正大气象。外面有一些流行歌曲唱得油滑、浮夸，他的呢，品质不一样。正如钱锺书对黄庭坚诗的评价“黄诗以俗为雅”，唱通俗的作品，能够把它变成高雅的东西，这个最要紧。流行歌曲是很通俗的、浅的，但到了廖昌永那儿，就变成另一种好的、雅的、纯的东西。末了，楚默幽默地说了句:“廖昌永不是上海小男人。”

楚默进房间取出一幅字，章草，古雅生拙，内容是评廖昌永流行歌曲（节选）。我看过之前的小稿，实录如下：

《乐记》谓："乐者，音之所由生也；其本在人心之感于外物。"嵇康亦云："夫音声和比，人情之所不能已者也。"廖昌永之歌唱，正是发自内心的真情，得天地之体，万物之性。他唱西方古典作品，美轮美奂，精致高雅；他唱流行歌曲，也能唱出正大气象，醇美清雅的意境，何故？是由于他能对歌词、旋律、节奏等音乐元素有过自己的体验和再创作，故其歌声宽而能静，大而能醇，清而能刚，俗而能雅，其细节的精致、节奏的跌宕起伏无不合天地万物之体，得人性之真谛。他把技巧唱得无一丝痕迹，发声即是真情之不能自已，故至真至纯，无一丝修饰之伪，这正是时俊喜展示技巧，喜多方伪饰所不能比拟的。流行歌曲唱出这种正大醇雅、清远宽静的境界，实是难达之高境了。

楚默展开三张装裱过的画，让我挑其一赠予昌永先生，我选了张有青山、松树的四尺小品。楚默也找了一件梅花图给我，粉纸宣，圈梅，小写意画法。他笑着说："这是好梅"，见我不解，又俏皮地补了一句"好梅就是好美"。又说："我希望你把我这幅画卖了，算是支持你出书。"

楚默家院子里大约有几株松树，名字叫做“寂寞松”。几株梅花树，都开成他画里的样子，名叫“万树雪”。这当然是我观画的感受。

昌永先生是空中飞人，他一回上海，我们便通了个电话。他说昨天还在重庆参加新年音乐会，今天赶回来参加秦怡老师的生日会（秦怡是廖昌永恩师周小燕的好朋友）。又说:“我这儿还有一些唱片，有些是流行歌曲，也有古典的、外国的创作歌曲。各种风格都有，我给楚默先生准备好了，到时把名签好交给你。请楚默老师校正。”

二

一幅卷轴静静地展开，画里有画家的心绪。廖昌永仔细地观赏了一遍，又翻阅了《楚默画集》《楚默书法》《崇明楚默学术馆纪念刊》，连连点头。他说:“楚默先生写得好，也画得好。”

很多人都知道廖昌永高超的歌唱艺术，却鲜有人知晓他的书画艺术。记得 2015 年 1 月，廖昌永受邀参加散怀草堂举办的“汲古出新”雅集，我陪着他兜了一圈，问哪幅作品好，他用手一指:“这件作品不错。”果然，在最后的评选环节，该作脱颖而出得了奖。从此，我便很佩服昌永先生的眼光和书法造诣。

多年来，廖昌永师从陈佩秋先生、范曾先生学习书画，在他身上有着音乐与其他艺术的交融。我曾看过他的写意花鸟，有一幅学八大的笔简意赅，鸟与树的节奏非常好。他的《远山朦胧》拟云林、渐江笔意，清淡高雅。特别是水，有一层一层流动的感觉，这与他艺术的意识里展现感性乐象及其生命流荡的时空有关吧。

廖昌永告诉我:“绘画、书法与歌唱有共通性。绘画讲究气韵生动、骨法用笔、经营位置、随类赋彩等，这些跟我们在歌唱、音乐创作方面其实是相通的。书法讲结构、章法、线条的运用，布局的虚实变化，浓淡的转换变幻等，歌唱与音乐也要讲究色彩的变化，不能一味飙高音。高低强弱、起承转合、声音的音色变化，以及思维的空间感等，在歌唱中都是需要的。”他说学习绘画、书法后，对自己歌唱的很多方面都有非常大的启发，会发现另外一个世界。

廖昌永取出早已准备好的CD，一一签名。共有七张，分别是《诺言》《情缘》《海恋》《情释》《中国艺术歌曲精选》《意大利艺术歌曲精选》《我们的母亲》。

CD送到楚默那儿，他很认真地听了几遍，很顶真地纠错，指出《情释天边》中有处字音有误，多个“着”，zhao经不起推敲，大多应作zhe。

到了层林尽染的季节。我来到无锡楚默学术馆“无主题变奏书法展”现场。

“无主题变奏”是楚默杜撰的词。楚默说，西方音乐中，多协奏曲，野狐、新潮一点的，则为变奏曲或变形曲，如《威柏主题变形曲》《海顿主题变奏曲》。西方音乐中，曾有过“标题音乐”“主题音乐”，被美国的苏珊朗格批了一通。莫扎特说:“音乐必须是音乐”，那么，书法必须是书法，来个“主题书法”“标题书法”“主旋律书法”岂不离书法很远！

我在展厅兜了一圈，参展的7位书法家年龄差异悬殊，书法水准不齐，各唱各的调，各写各的心事，确确实实没有主题。

楚默邀请了廖昌永，可惜昌永先生日程已排满来不了。我想如果昌永先生来了，一定对“无主题变奏”有着他自己的理解，他明白书家心中的“那点意思”。

我曾经问他，很多专业人士觉得奇怪，廖昌永作为上海音乐学院的领军人物，怎么唱起了流行歌曲？廖昌永说：“我以为音乐作品没有流行和传统的壁垒。美声的意大利语原意是‘美好的歌唱’，我把歌唱好，保证它的艺术质量，把它本身应该有的意境唱出来了，这是我的职责。”

廖昌永打破演唱样式的界限，无论是古典音乐还是流行音乐，都是发自内心，唱出音乐本身的风格，唱出内涵。

楚默说："他把技巧唱得无一丝痕迹，发声即是真情之不能自已。故至真至纯。"

楚默真算得上是廖昌永的知音了。

不听陈言只听天

自从新学期我搬到了隆隆阁，洗碗这项工作便不那么无聊了。

隆隆阁因附近常有货运火车经过而得名。新的暂住地在四楼，厨房的窗子正对着楼道，家里的过期挂历便有了一个新用场——糊窗子。我先生扯下两张过期挂历，不由分说把窗子糊上了，只留了一条缝，我得以从缝中窥探一下楼道里的动静，看邻居进进出出。通常我洗碗心中不免腹诽，但很快便发现风景这边独好。因为隆隆阁窗户上居然有徐正濂先生的印章。

我以前曾问过徐正濂，关于他新书扉页的一枚空白印章是咋回事、啥意思，他的答复是“没意思”。没意思是啥意思呢，一定有意思的！他的弟子李滔给了我一个字“悟”。对着一枚空白印章，我开始了遐想，一片空白，啥也没有……无就是有，是天地风云，包容万象。那四条边框，是束缚、是规矩，这不是带着镣铐跳舞么。有边框的空白，意味着“从心所欲不逾矩”！这条孔子可是年过70才悟出的。在徐先生面前，你会发现你的天灵盖会自动打开，你会放下有限的认识，灵感之神向你飞来。

甲午夏我在书协办公室第一次向他请教，这一见面，便得了八字真言——“似曾相识，无可名状”。关于篆刻的师承创新，我从来没有在别处听到有比这八字更言简意赅，一语中的。徐正濂说:“篆刻创作中‘似曾相识’是前提，篆刻是有传统的，一方好的印章一定要有传统意味，比如有古玺的意味，有汉印的意味。倘没有‘似曾相识’，那创造就太容易了，苦思冥想、向壁虚造某种新花样，上升不到较高的审美层次的。但既要‘似曾相识’，又要‘无可名状’。‘无可名状’，讲不出它是哪一种传统里的，讲不出它是汉印的，还是古玺的，也许有吴昌硕的精神，又感觉有赵之谦的意思，这样的作品才是成功的！”

徐正濂在印章形成风格的过程中，受到来楚生、齐白石、黄牧甫的影响，还学过吴昌硕、吴让之、赵之谦，甚至陈巨来的元朱文，当然还有秦汉玺印、他的老师钱君匋等等。他把艺术的成长比作生物学上之“杂交”，杂交才能出来有遗传基因的新东西。强烈的独特是徐先生追求的篆刻之高境界。

“走入这个时代，也到了这个年龄，需要的恐怕未必是用最大的力量打进去，而是要用最大的勇气打出来了。”(引自徐正濂《廉颇老矣尚能饭否》)我明白他的意思，时代鼓励创造，艺术创作按照过去水到渠成的做法已未必合适，“廉颇老矣”已没有时间让你守成，是应该有所创造的时候了。

再看隆隆阁窗户上的印章。五月的挂历很有风景。一枚一枚印章随意地散布着，像极了夜空中的星辰，不断变幻着，闪烁着，很有些狡黠，也有沉静迷人冷隽的，神秘而奇肆。

这是一枚“我神”的印章，“我”字下垂，“神”字上升。一实一虚，“神”的结体左低右高，起笔的一点出人意料又圆又大，那分明是——一只上帝之眼！真神了！

感觉徐先生刻印追求一个“变”，有变形有夸张。他总是要设法搞点姿态出来，但是呢又感觉不到刻意，似不经意却触处成妙。我还从徐先生处学了一招，我一直不知道印章的边款除了表达创作思想、理念，还可以——骂人。骂人好啊，既可“消胸中块垒”，又兼批评之效，于己于人大有裨益。“你想小小得意一下，想故作谦虚，想貌似风流，想骂人，想发泄，消胸中块垒等等，都可以在边款中有所发挥。没有边款，篆刻要寡淡许多。”领教徐氏麻辣风格了吧。

“徐正濂先生是当今成功地表达个人艺术理念的篆刻家，也是一位饱含创作热情和保有艺术使命感的作者。他的作品图式独到，结字造型在平易与新奇之间，文化信息含量丰富，用刀直率，没有矫饰，没有犹豫，一派天然任性的气度。”这是 2015 年 4 月 5 日央视翰墨戏韵对徐正濂的推介，我注意到片子最后的一个镜头——

徐正濂迈着矫健的步履，正穿过一个长长的通道向前行进。导演先给出了一个正面，徐先生微笑着潇洒地挥了挥手，导演再给出了一个剪影，这个剪影在我看来可谓别具匠心。让我看到了徐先生心怀光明，同时又葆有在阴影中行走的那份清醒与敏锐。光影之间，虚实之间，黑白之间，气象万千又凝静于前。

尼采说:“每一个不曾起舞的日子，都是对生命的辜负。”光明与阴影，这看似对立的两者，当它们交融的那一刹那，奇迹便将出现。

兴高采烈的江宏

一大早便收到了江宏先生推荐的《图画见闻志》，繁体竖排，精美。江宏说，《图画见闻志》附《画继》整个两宋绘画都在了，此书有快意，然须慢读细品，或能寻得知音。

我翻阅了一下，重点介绍分析中国名家画作之技法特点，各流派画家之传承、艺术创作风格及在艺术史上的价值。文中的问题意识，以及个人的独特审美体验，读来轻松有味。江宏说此书是他在杂志上的专栏文字，竟然集腋成裘，弄了本小册子。

一位学者型的画家，以绘画理论见长，还擅长山水画。江宏的大型画册《兴高采烈》，采用谈话方式，有他对艺术的识见。《双松平远》主要讲中国画的构图，《林泉高致》写山水画的道，另有《山川记游》写历年走过的地方，对造化的感受、理解。《经典注我》评价历代画家之技法，以及对经典的解读。

江宏的画山水，纯粹是记录心情。他关心的不是技法层面的东西，技法对他不是问题，他在乎的是合适的场景，意趣的表达。他说:“如果每个画画的人都能尽兴，每件作品都能得趣的话，那么，画里画外的一切问题都可迎刃而解了。”

江宏画画好随性，笔下的树都有着修长高挑的好身材。他喜欢拉长线条，长线条抑扬顿挫，酣畅淋漓，着实过瘾。他画的松针是前人既有程式里没有的，或分叉或直或曲，都是他心中的松针。他画松针画得开心了，笔停不下来，越画越多，一往情深地密，尽兴乃止。过一段时间，发现实在太密了，怎么办？正好泼彩！淡彩、浓彩、墨彩，泼彩一泼，要么重生，要么毁灭，不亦乐乎！

一张画稿，第一情绪最要紧。在完成第一情绪后，或皴或点或烘，随意地边画边走边看，当江宏觉得很奇妙或是觉得有点意思了，这张画作便成了。

从《兴高采烈》到《双松平远》，由繁入简。看他的画作，山石的表现上皴法越来越少，松树的画法也由中间的画圈到没有圈圈，最后用两根长线条空勾。《林泉高致》更是简，简直简得过分。记得有一次和乐震文先生一起看画，他说江宏画得率性，初看很不合理，但仔细看都在情理之中。江宏说，境界不一样了，技巧就会变。开始的《兴高采烈》画得有点模样但刻意了些，到了《林泉高致》，画已经放松很多了。而“松”是一种心态，从线条的节奏、艺术表现力传达出当时的内心情感，一步步地让它松弛下来，让它简。

果然，山体他也只稍微刷一下，他画的帆船似乎不太合理，帆那么大，船体一点点，很是夸张。他笔下的人，辨不出是古代还是现代，一律的两只圆圈圈，就像戴了一顶大草帽或者就是一个光头小孩。虽然简单，让人看了还是觉得蛮有味道的。江宏告诉我，“简”实际上不容易，并非少画些就行了。这“简”是有一个过程的，从多到少，由繁到简，这种变化经历了十年吧，逐步逐步地有哪天觉得：哎呦，皴法不要画了，效果蛮好，就不画了。

简，表达的是心境，尚简重意。简了，心情便敞开了。

江宏不主张临摹，他主张“看”，看万幅画，修养就真正全面了。一味临摹会成为古人的奴隶，“看”呢，是对等地在和古人交流，能够看到古人的创作积累，给人以启示，甚至把古人的缺点也看出来了！他说：“在造化中撷取什么，舍弃什么，为我所用，我的都是自己的东西。有些人今天学刘海粟，明天学黄宾虹，见异思迁是成不了的。”

他认定“主观才有艺术”“随性才有好画”。他的很多画是在行万里路，深入看山，兴之所至的状态下画出来的。他画古人诗意图，他说：“怎么理解诗意是我的事，杜牧的

《山行》，前两句都可以作为一个意境，我可以画很高很陡的石径、山峦上的杂树，或单画缭绕的白云，不必画枫林红叶。‘白云生处有人家’，我心中有云，那就表现云好了。”江宏的题画诗很多是自作诗。他画东坡诗意、稼轩词意，拈诗意以为画意，乐此不疲。画草庭幽涧、松泉佳趣，“凑趣于小隐”。画策杖听泉、云壑松风，“泉边能产生高超的情致”。

因为仰慕韩昌黎“条山苍，河水黄，浪波沄沄去，松柏在山冈”的诗意，他豪情万丈，三日内六次翻越中条山，在山里穿梭，与山水对话，让心灵畅游，感受到寰宇中山川之本质，迹化为他的一笔一墨。

庄子曰:“官知止而神欲行”，凭感觉画，下意识地画，反而进入了超越的境界。正如江宏所说的，很简单，找到自己的节奏就画好了。画家对节奏有如下叙述:“和音乐一样，所有的画，节奏到了，就是好画，是节奏好。画得不好，是不在你自己的节奏中。是你自己的节奏，收也收不住。”

很多人讲江宏是文人画，他并不承认。他说文人画已经消失，这衣钵没法传承。他的画就是他的画，没有标签。

我行我素，无法无天

我始终记得和钱茂生先生的第一次见面，是在十年前的笔会现场。

钱老微胖，面色红润，一双浓眉极特别，眉尾翘翘的，虎虎的，眼神炯炯的。他挥笔书毛泽东的“而今迈步从头越”，行笔抑扬顿挫，中锋、侧锋并用，丰富的墨色变化很具观赏性。

钱老指点了我的书作后，我把姓名写给他看。他端详了一番，诧异道：你这个‘羽’字怎么少了两点哪？原来是我的钢笔出水不流畅所致。他摇了摇头说了句：“这可不行”，便拿起一支笔，很认真地在“羽”字上点了两点。

这端端正正的两点，让我看见了一些重要的东西，属于钱茂生的、贴合了他的气质的东西，某些卓越的独特品质。

钱老近年专攻小楷，一般来说，上了年纪的书法家少有写小楷的，太费劲了呀！钱老告诉我，曾经有人说："不会写小楷的人不是真正的书法家。"这话给他的震撼很大，他想要把年轻时没有学到的东西弥补起来，下大功夫专攻小楷。70岁以后从零开始！

他挥舞了几下手臂，表示现在身体好，眼睛也好，还有十几年或许更多的时间，就想静下心来努力探索，继续提高自己的艺术水平。我问："从零开始是您对自己某些创作、思想的否定吗？"他说，在普通人看来，七十岁这个年龄是老了，但从艺术创作看不算老！他对各种书体、艺术形式都进行过尝试，对自己固有的一套东西总觉得不满足，总琢磨着在有生之年再提高一步。他说："过早定型是结壳，是学书人不愿看到的现象，定型是要盖棺才能论定的呀"。

谈到在小楷上的求变，要变，不进则退。变化是艺术的灵魂。在小楷创作上他师法晋唐，参以行书笔意，追求一种萧散静穆、古意盎然的格调。近期他正尝试吸收王宠之拙意，达到质朴古拙，朴中含雅。

钱老自创了不少学习书法的理论，如东张西望——横向联系；瞻前顾后——继承与发展；得意忘形——讲神彩；阴阳合德——有节奏；我行我素——得个性；异想天开——生灵感；自由散漫——才洒脱。这些成语须领悟，并在书法实践中灵活运用，书艺才会有长足的进步。

“我行我素，无法无天，作品才能达到神融笔畅的艺术境界。”这是钱老书房中挂的一幅小照自序。我行我素，就是要“古化为我”，不要做亦步亦趋的书奴，要有自己的个性。既不“朝秦暮楚”，也不“从一而终”；既不阿名家，也不轻新手。在不断积累、完善技艺的同时，还需胆识，无法无天则大胆。

钱老打太极拳时，马步稳健，眼神专注，两手相向环抱。钱老风趣地比划着，写字就像打太极拳，不能像少林拳那样直来直去。太极拳从起到收都是有规律的，比如写“大”字要“兜”过来的（演示动作）。太极虚实转合，意气相连，书法曲直弯折，笔断意连，道理是一样的嘛。

写大字，钱茂生有个习惯，喜欢在地上铺纸研墨书写，这个习惯保持了三十多年。他俏皮地说：“一般人我不告诉他”。说这话时他的眼睛亮晶晶的，眼底的神采把我带到了20世纪80年代。

那天，在上海徐汇文化馆，钱茂生目睹了日本美女书法家森和风的书法表演。衣着时尚的森和风在地上进行书法创作，轻盈曼妙，如乌兰诺娃的舞蹈，给人以美的享受。正如宗白华所写“灼热的他映着了我心中的一点光明”，从此钱茂生也在地上铺张大纸，施展开来，手中的笔像施了魔法……

我至今也没见过森和风的模样，想象中是大美女 ，不是小美女，应该是女神级别的。在钱茂生眼里，书法像一片神机，无法而有法，全在下笔时点划自如，一气呵成，一点一拂皆有情趣，从头到尾，如天马行空，游行自在。

草书以心灵领衔

我看甲骨文中的“申”字，中间的曲折线条就像电光闪射。丁申阳提起一支长锋羊毫，凌空一抖，那线条便从云间一路奔下，变化多姿，迟速徐疾，如一道电鞭，又如一首音乐旋律。

他当然是写大草的。一般书家写草只是写写《十七帖》《书谱》、怀素《小草千字文》、王铎、黄庭坚，狂草很少有人涉足。我想到书画史上，写草书的徐渭被定性为“狂”，张旭被定性为“疯”。丁申阳说一般写狂草的脑子蛮怪的，以后会出人才，历史上几千年出一两个，现在只有这么点时间，他要疯也疯不出的。

2017 年，拙作封面书法“遇见·你”由丁申阳题写。字体起初是电脑宋体，视觉效果方整、均衡，中间的间隔号为实心。丁老师看到样书封面后，他建议艺术访谈类书宜用书法体，便随手写了“遇见你”三个字。

“遇见”，宋体带点枯笔，就像艺术家多少有点儿沧桑感，“你”字灵动，中间的间隔号非实心，颇有意味。圆点的边缘不规整，如旋风般扩展，向外又向内。在我看来，这个圆点像黑洞一般，神秘。黑洞内有宇宙。

平时丁申阳给人的印象沉静，甚至有些木讷，但一聊起书法便判若两人。不同于一般学书者从晋、唐古帖入门，丁申阳由近而远的往上追摹，初以楷法为尚，从宋代黄山谷起墨，再得颜之沉重、褚之轻灵，又学明王铎、张瑞图，从王、张巨幛大幅中得草书的气势酣畅，最后落于张旭、怀素大草。

丁申阳认为草书是技术加艺术。艺术上主要是夸张、变化。变化是有机的变形，不能率性而为，是有法度的。书法书法，书中有“法”，很好掌握法度，才有书写的自由，书法艺术是带着镣铐的舞蹈。

如果你以为丁申阳的草书是线条的剑舞刀劈，那只说对了一半。我注意到近年来他的字少了“绕”，多了“简”和“静”。他正在将这几年的思考，从碑、隶和二王碑帖中得到的养分融入点画和线条中，在以往注重线条流畅的基础上，增加厚重感和节奏感，在浓淡枯湿的处理上进一步吸取国画中的元素，多些性灵的东西。我以为，性，性情；灵，近于才、天分，人与自然交流的能量。凡与艺术相关的，都与天分有关。

丁申阳担任电影《鲁迅》《双镖》等美术设计师，没有撒豆成兵的本领，估计成不了。他还为《生死抉择》《邓小平 1928》《走出西柏坡》）等一些主旋律影片题写片名。

1995 年，导演孙道临邀请丁申阳为电影《继母》写片名，他写了十多个各种书体的作品，孙道临先后四次在他的工作室讨论，最后选中了丁申阳书写的颜体楷书。孙道临说，因为颜体的厚重能表现《继母》剧情的深沉。

电影《绝境逢生》的片名，丁申阳采用了板桥体，那种看似歪歪斜斜的字体错落有致，别有韵味。片名书法要配合整部电影的主题和剧情，贴合影片的气质，需要给观众营造一种氛围。电影《女儿谷》是赵薇的银幕处女作，这是一部充满爱心向社会呐喊的悲壮电影。三个红色大字特别醒目。1996 年谢晋执导《女儿谷》采用了丁申阳写的片名。谢晋导演说："片名很重要，片名如衣服上的钮扣，装饰得好会很出彩。电影是综合艺术的表现，片名更要有好的书法"。

2015 年上映的张艺谋影片《归来》，这部根据严歌苓小说《陆犯焉识》改编的电影我看过不下三遍。片名书法是那种"非篆、非隶、非草、非行、非楷"的"创意书法"，并不被人们认同。丁申阳说张艺谋以前的东西很好，比如《十面埋伏》，片名书法写得很有味道。

目前国内影视剧片名书法的题写整体质量不高，有的还是典型的“江湖俗书”，是什么原因造成这种现象呢？丁申阳认为跟导演审美观有关。有的美术师偏重美术设计，对书法了解不够。当然影片的经费问题也是导致片名书法粗制滥造的原因。

书法经常作为电影中的场景布置，我看到有的影片中把上下联挂反了，有的片名比如《赤壁》是用电脑字加简单的特效，不如选用历史上名家书写的好。丁申阳告诉我，其实电影中的书法要考虑很多因素，大到历史时代特征、风土人情，小到建筑特点甚至人物身份性格，都会影响到整部电影的成功与否。如今影视界普遍审美和文化缺失，影视剧亟须聘请“书法顾问”。

欣赏着丁申阳书写的《女儿谷》《继母》《悲情枪手》《绝境逢生》的片名书法，或厚重深沉，或萧散俊逸，或奇崛雄峭，有他自己的独特理解与审美，不拘一格，洒脱如画。

他说，笔法即心法。

“都教授”

转眼就是秋。树叶开始飘落，枝头萧萧叶，心头寂寂花，我在这边悲秋，那边——

“今天立秋。秋字在书法家笔下是那么的富有变化，充满情调。书法是艺术，在秋字的视觉效果上便可见一斑。”这哪是萧萧叶，是“一年好景君须记”的意境。将秋与书法想到一块的自然是他了。

记得我第一次见圣邦，便被一个侧脸惊到了，来自星星的你——“都教授”！

一到情人节，“都教授”潘善助就让人找“情”字的若干种写法，他说要过有一个文化味的情人节。“历代书法大家教你写情字”这个打上原创标记的文案后来做成了爆款。在我眼中，楷书的“情”算得上标致，隋董美人墓志，看后却无感。行书的“情”字，二王的不失蕴藉厚味。草书的“情”奔放，羲之天然美态自不必说了，孙过庭和怀素还真是两个极端，一个侵争，亲密得擦出火花；一个揖让，青字飘举一侧相敬如宾。让人想到情人间微妙的那种关系。还有隶书——宽博的“情”，篆书——古朴的“情”，果真“情”重。联想到海顿的《秋》：树叶飘落，果实干瘪，岁月流逝，只有我的爱情常青。

书法家的情人是谁？踪迹不定，有时行云流水，有时戛然而止，草书也。草书，玄妙的代名词。如果有人问我爱写哪种书体，我百分百会告诉他草书。“都教授”却发一通议论：所谓势来不可止，势去不可遏，大草书法注重势的表达，但这势又是基于有力的点画和多变的结构，故细腻的用笔技巧和精心的线条组合是写好大草的功底。似乎还不够，他顺势而发：书法难在以柔软的毛笔写出有力量的点画，而且要富于变化，不类同，不板滞。这是技。书法贵在气息好，有韵味，让人看了莫名地喜欢，越看越想看，品嚼再三。这叫格。技由多练得来，格是内心修养的自然表达。因此，作为一个书法人，应该技道兼修，两者不可缺一。

这是一个与书法谈恋爱的现实的理想主义者。你跟他聊什么，他总能把话题扯向书法。

“都教授”非常喜爱舞蹈节目，他去看冰上芭蕾，会把书法与这项力与美的运动深度链接，觉得流动的空间分割比“公孙大娘舞剑器”更上一层楼。他去看马术比赛，现场过把瘾，感受到人马合一的畅快。他随意翻阅一本摄影画册，关注角度、光线、空间感、质感、线条等多样的呈现方式，让他通感到书法的境地。单位新来的工作人员身材苗条，他评价“瘦硬通神”！

他从小爱书法，一次，到县城看电影，在新华书店看到一本任政的活页字帖，发疯般地喜欢，将父母给的一元午饭钱省下，捧回了字帖。家乡唐宋是他习字起步的地方，因此他将自己在上海的书房命名为“唐宋书屋”。从“唐宋书屋”走出来的“都教授”，喜欢苏东坡的《黄州寒食诗帖》，米芾的《苕溪诗帖》、《箧中帖》，祝允明的《闲居秋日》，尤喜爱王羲之书法“笔锋隐于点画内部的回环使转”，长年临习，他的行草也有着王书风范，下笔婉转而有刚韧，欹纵变幻。

如果说传统书法的河流滚滚向前，永不枯竭。那么他的创意、点子也是河流滚滚向前，永不枯竭。不然他策划运营的上海书协微信平台怎么会圈了那么大一波粉！有多少？现在流行用数据说话，接近15万粉丝！“都教授”研究课题的关键词：无差别权利、海漂、渡台、美育的意义。

毕竟是参悟了冰上芭蕾，懂得俯仰揖让；而且他的名字实在起得好“善助”，能成事；而且一定还跟他青年时期研读哲学政治有关。哲学里讲发展、联系，用运动的眼光看社会，书法里有对立和统一，拿什么来和谐，就是这些视野下的和谐。和谐了他就请喝咖啡，一杯又一杯。

曾经在无为舍禅茶空间，一人得幽，二人得趣，三人得慧……在众人戏言中，他自己用一条长长的红围巾蒙了眼睛，似乎在探索不确定的书法的未来。

真水无香

银发，戴副眼镜，一口上海话，谦和、亲切、亲近。他说不愿接受采访是因为觉得自己没啥好说的。

终日埋首故纸堆中，从来不愿意作任何宣传。网上著述不少，个人资料却很少，甚至搜不到他的个人简历。这年头还有人不懂电脑，不会发短信？听说他亲手誊抄文稿，制作海量的资料卡，这年头还有人搞纯手工！我简直怀疑他来自外星。甲午夏日我跟着田振宇来到瞿溪路上的水赉佑先生居所。

20 世纪 80 年代的老式公房，蜗居。走进去，卧室、书房哪里都是书，不足 10 平方米的书房，地上堆满了各式书籍，还有一大堆手工誊抄的资料。水先生近阶段搬家，很多书已整理、打包到了新居。他看着一屋子的书很有些发愁，估计要花 2 个月来整理归类，给书安家。

卧室旁有个阳台，逼仄的阳台简直就是一个小型资料室，放着一件旧柜子，拉开一个个沉重的抽屉，里面装满了大量手抄的资料卡，分门别类，排放得整整齐齐。卡片因年代久远已经泛黄，那一手行楷依然端庄秀劲。午后的暖阳照过来，这些无声的文字，陪伴着他的一个个晨曦暮昏。

房间挂了一幅“崇兰堂”，上题几行字:“崇兰堂，赉佑学人研究右军禊帖成专著获奖，为此题额以志鸿雪。癸酉岁莫顾廷龙于北苑，时年九十。”“崇兰堂”是顾老题的斋名。兰亭，缘于千年之前的一场书法盛会，几乎每个人心中都有一个自己的兰亭。

因常年翻检案头书，多年的书稿发脆损毁需要誊抄，水先生用眼过度导致视网膜脱落，他的一只眼睛几乎没有视力。但说到文献史料，镜片后的目光清澈纯净，犹如发自一颗透彻明净的心。

我们一谈到某部著录，他便一跛一跛地到书房翻捡取书。他 2 岁时患小儿麻痹症，有一条腿不好使，他拖着这条残腿辗转颠簸于上海图书馆、博物馆，当上海的资料不够，又一跛一跛地远赴北京大学、中国国家图书馆求助……

言谈间他总是感叹时间不够用，要做的事很多。写完蔡襄写黄山谷，写完黄山谷写米芾，写完米芾写“淳化阁”，写了“淳化阁”写“兰亭序”，写完“兰亭序”写苏东坡。另有《黄庭坚书法史料集》还在修订当中，修订稿厚厚一叠堆在椅子上。从各类古籍中打捞史料，就好像从大海中打捞银币，沉沉的海呦。

不会电脑的他就一页页硬啃，先后做了10000余张资料卡片！记得白谦慎先生在一篇文章中爆料，乐心龙先生曾私下跟他说，在当今的书法界，他佩服两个人：水赉佑和穆棣。又说，水赉佑是资料狂，穆棣是考证狂。

“资料狂”水赉佑自有他的看家本领：古籍版本学、目录学，他曾参与《古本小说集成》《续修四库全书》《清代诗文集汇编》等大型丛书的编纂，对中国古代书法史料深有研究。他撰写了《新俏瘦硬清雄雅健——浅谈黄庭坚书学》《备尽众体一代师表——谈蔡襄的书法艺术》《郁孤台法帖考》《淳化阁帖杂考》《也辨潭帖》等文章。读书随处净土，闭户即是深山。在文献史料中穿行散步，笔尖倾泻的翰墨，直抵他的心田。

他不看电影电视，不知道时下热播的《黄金时代》，更没听说过汤唯、范冰冰。他只知道出差开会的城市，只知道每个城市的图书馆在哪。

水赉佑三次问鼎中国书法最高奖兰亭奖。迄今共编写过15种书法方面的专著，出版了十种，占总数2/3，其他5种，有的因书稿被出版社遗失，或重复等原因未能出版。

前不久，我意外发现孔夫子旧书网居然有水赉佑手稿笔记合售，开价 79800 元。1000 页。九公斤左右。被遗失多年的手稿终于现身了，在一个叫文文雅书斋的地方，却并非“崇兰堂”。

最美人瑞

一

清代李渔有“四条命”，各自掌管一个季节，他说，如果一个季节少给我这个季节的花，就等于夺去了我一个季节的生命。

海上顾振乐，岁至期颐，癖爱腊梅。与李渔不同的是，李渔冬日以腊梅为命，顾振乐一生以腊梅自喻。顾振乐，字心某，号乐斋，某即梅之古体。入座不久顾老赠我《梅花元素：顾振乐诗文选》，此书述作者一生艺事之点滴。

《梅花元素》封面乃顾振乐自绘梅花图，封底印“数点梅花天地心”是启蒙老师翟树宜先生于70年前为顾振乐三十周岁生日所作。顾振乐生于1915年6月，是目前上海文史馆馆龄最长的馆员，也是中国书法家协会如今最年长的书法家。6 岁习小楷,7 岁写大字，后经翟树宜引荐，篆刻受马公愚、邓散木、朱其石等金石名家指点。山水画拜海上名画家张石园为师，学习虞山画派，对元四家和清四王都曾潜心临摹数十年，至今仍不脱传统规范。顾振乐书法初习《灵飞经》《星乐小楷》，后临华山、张迁碑及大篆散氏盘，并涉猎行草诸书，摹习经典，故能自成风格。

我第一次看到顾振乐的书法作品，是在一位收藏家办公室，六个篆体大字“宽容、知足、自信”石鼓文金文互杂，字体朴拙有生趣，左边五行楷书题跋。说来也奇，拜访顾老的这天，一扫连日梅雨的阴霾，天空晴好明净。一杯热茶自手心沿脉而上，清瘦的老人温文尔雅，白皙光滑的脸几乎看不出时光的印记，他坦言:“宽容、知足、自信”是他的精神支柱。

百岁老人心心念念:现在的小朋友不大用毛笔，写字也是电脑打印的多，我看到电视里外国人到中国来学写字，我们的孩子将来却不会写字，这书法要断档了呀！

几年前顾老拿出十万元作为“顾振乐文化基金”的第一笔款项，他的倡议得到了亲友、弟子们的支持，这笔钱现在增加到了六十万。顾老感慨:这数字小不过，只能在街道范围内给学生们搞搞活动，写写字。为不增加家长负担，顾老给孩子们送去了笔和纸，考虑到小学生用墨汁会弄脏衣服，细心的顾老给孩子们配备了含墨的笔。每个学期把孩子们集中起来指导书写，写得好的给予奖励。

二

民国初年，江南晒霉时节，嘉定小城一塾师府第“安顺堂”内，小振乐揽抱着一札札其曾祖门生、同治元年状元徐甫（官至协办大学士、礼部尚书）及其胞弟的书画轴卷，翻阅临摹，孜孜以求 。

1937 年抗战爆发，新婚不久的顾振乐避居上海法租界，只带了成婚时母亲赠予的两件红木家具。顾家旧藏书画珍品，连同徐甫当年谢师为顾家扩建的二层楼宅院，统统被日寇付之一炬。至今顾家未添新柜，75 年前的旧家具见证了一段辛酸的历史，成为岁月的珍藏。

20 世纪 60 年代，经历了被斗、被批、被抄家、被毁了毕生收藏，被冠以“牛鬼蛇神”等诸多磨难，顾振乐在单位扫厕所，在家扫弄堂。他对儿子顾顺麟说，把厕所擦得干干净净的，也很有成就感。他没有放弃研习书画印，以写毛泽东诗词、刻样板戏印章为“掩护”，徜徉在艺术世界里。

70 年代，顾振乐的姑姑、父母相继去世。他将安顺堂捐给了政府。80 年代修复秋霞圃时，将后园部分竹林圈入。

2000 年城市改造，老宅彻底拆除，此后建起了陆俨少艺术院。2011 年 3 月顾振乐欣然受邀前往陆俨少艺术院举办书画展，他说:“我激动，不仅仅是我作为嘉定人回嘉定办展，更因为我的作品恰好悬挂在我家的安顺堂里”，心中默念：今天不仅对得起亦师亦友的俨少大师，也可告慰安顺堂的先祖了。

顾老退休后，受《书法》杂志周志高先生邀请一起主持群众性的书法比赛，他从成千上万来稿中，发现了宋代大文豪苏东坡的第 28 代孙、96 岁的中国末代秀才苏局仙老人，一时轰动全国书坛。

20 世纪 80 年代初，上海科学技术职业学院特聘顾老为中文教研室顾问，与吴义方先生合作开设“文学与书法”选修课。家住上海的他每次授课都是隔夜到达嘉定，以免误点。他手把手教书法之执笔，悉心传授笔法，颇受学生欢迎。一学期下来，顾老分文未取。第二学期起，才有一点微薄的兼职授课金。

2009 年夏，95 岁的顾老受邀参加己丑重阳第一届老年书法展览 。第三天清晨前往黄鹤楼，由中门上山要先步行一华里，该路靠近山路且略向下斜，走起来有些费劲。顾老经过相当的努力终于了其夙愿，登上了蛇山之巅！

面前一幅《苏东坡前后赤壁赋》，中间画张赤壁图，这是顾振乐 95 岁时创作的，装裱后一直珍藏着。他说这件作品好啊，好在他等了六年，等到他的好友高式熊先生也95岁啦，请高老题写篆字引首，这是多有意义的一件事。现在这幅作品分别约请徐建融先生、韩天衡先生等题跋。顾老富爱心、重友情，生活中的他简单而充实。

腊梅，岁寒之花，素有不俗、不争之说。其耐寒的品质，不溺惆怅的天性，与这浮躁嘈杂之尘世是多么大的反差。我们越不过的界限，也是自然法则设定的禁止通行的界限，命运格外开恩，把这一豁免权赐给一个人，让他穿越漫长一生两端之间布下的重重障碍与困难，参透一切苦厄，拥有大欢喜。

画心中的景

沿着长长的草坡进入 / 一片春色 / 山峦，向西走 / 又向东走 / 是谢家子弟么 / 声声清谈 / 说给白墙黑瓦听 / 说给万壑松涛听 / 兴尽，舞一道白练 / 奔泻出万斛明珠 / 金声玉应处 / 几株小树开了花 / 那一树皎洁 / 一句话也不必说。

拙诗题为密林高水——品《松多晓日青》，《松多晓日青》是著名山水画家蔡天雄先生的作品。中景几株开花的小树，在微风中摇曳，树梢点缀着粉白，不必抬头便看见了春天。

翻阅《蔡天雄山水集》，我发现画风变了，有些画极具装饰效果。“这是另一组，画法比较新。中国画的笔墨是有意味的形式，我追求形式，这组有现代意识在里面。”蔡天雄说。

白墙黑瓦的房舍，边上几棵小树旁逸斜出，我被《千山秀浓》吸引，一种自由的笔触，这里小树居然是白色的！

“白色的树是画面上的处理，前面这块太闷了，弄点树与后面的背景呼应。其实在现实生活中有许多树就是白色的，像澳洲的胺叶树雪白雪白的，造型非常好看。”

在我眼中，这些小树颇具音乐性。

蔡天雄把松针画得影影绰绰的，画面很别致，看不出这幅画属于哪个季节。他说纯粹是种趣味，季节蛮难讲的，讲雪景、夜晚都可以。墨黑的这就形成了黑与白对比，还有线与面的组合、画面的肌理效果等，给人的感觉就不一样了。

在传统的基础上追求现代化，作品打破传统程式，在构图、形式构成上追求更多张力和画面分割等现代元素，诸如组合、虚实、浓淡、疏密，颜色的对比，粗细、线条、块面等，寻求山水画重新阐释和发展的种种可能性。

画家钟情于黄山，巨制《黄山雄姿》是他近年新作，还画有《黄山松雪图》《黄山松云图》《黄山西海群峰图》《黄山雨后》等。我登临过天都峰，黄山给我的印象奇中见雄，风景变幻莫测，四时不同，时时出新。作为绝佳的山水画范本，可谓佳作纷呈，代有名家。贺天健评价石涛的画得黄山之灵，梅清得黄山之影，渐江得黄山之质。蔡天雄笔下的黄山同样带上了他的印记、标识。在他眼中，黄山之美是集大成的，他有自己的理解和阐释。

在营造画面时，他着眼于松、石、山峰的变化，因着眼点、角度不一样，感受也不同。黄山山峰高低起伏，从不同角度给人的感觉或雄壮或秀丽或幽静，诡谲多变。但在蔡天雄的画里不是纯粹的黄山，你想去对景是对不着的，他把黄山松树、云气、山峰组合在一起。“你说不是从写生中来吧，是写生的，是哪一点呢，有很多点。”

黄山、桂林、长江山峡、雁荡山，江南水乡等水气淋漓、景物秀丽的地方，他游历多次。画心中的山水，山是依托，引发感怀兴致，所谓“缘物寄情”，将主观感情和客观事物交融，方具有“我之面目”。

艺术贵在变化，变则通，不能食古不化。除了吸收西方绘画的营养，也有他自己发掘的题材，他自己提炼出的诗情画意，有他对大自然的理解，这个过程是提炼和升华的过程。

多年来，蔡天雄花大量时间在海外游历，穿梭来往于中美之间。在今天多元文化的时代，东西方文化有着本质区别，对人类的进步和发展各有使命。他常常在美国纽约大都会博物馆静观阅读，这里富藏中国画、西洋画。宋《溪山瑞雪卷》图，放在世界名画中仍占一席之地，而且相当高级。我们民族传统绘画的宝库取之不尽，他认为西洋的东西只能充实你，不能代替你，用西洋画来改造中国画不伦不类，我们追求现代化不能以牺牲中国画自身的特色和优势为代价。所以，他还是喜欢行走在传统山水领域来实现自己的想法，他的画有一个渐变的过程 。

乙未年，蔡天雄去太行山考察，通天峡灵秀壮美，苍岩山群峰巍峨，大山与寂静的太空融合一体，这块被称作“中华民族的脊梁”的土地向画家展示了它恢弘的气势、厚重的历史。因了太行山的别具意义，蔡天雄准备重游太行，画一组革命圣地的作品。

他还游历了被誉为世界七大奇观之一的美国科罗拉多大峡谷，两岸红色的巨岩断层，夹着一条深不见底的巨谷，风中挟裹着未散的惊魂。

蔡天雄兴奋地说：有机会要尝试用中国画的技法来表现国外的景！

明月入怀

岁在甲午，黄浦江畔，怡和雅集的现场。

是日春阳正好，群贤毕至，九旬书画大家陈佩秋先生也来了，笑语盈盈。怡和雅集发展了兰亭之会的内涵，一群志趣相同的书家，以雅致又轻松的方式聚会，或挥毫，或抚琴，或舞剑，或吟诵，不亦乐乎！置身这场汇集了古琴、太极、吟诵、书法、茶道等传统文化内容的聚会，某种艺术情愫很自然地被唤醒，一个心灵释放的场。

一个安静的人，站在人群中。他穿了一件黑色对襟中装，胸口缀了一抹红色贴花 ，黑与红的呼应让人想到了书法与印章。他是怡和雅集的发起者张伟生先生，“望之如云，近之如春”。书风灵动萧散，其人儒雅谦和、温煦如春。艺术对于他，就是一种人生态度和生活方式。

“一个人是一个谜，人是不可知的。人独自在自己的奥妙中流连，没有旅伴……”印度诗人泰戈尔说。对于张伟生来说，奥妙来自于书法艺术王国，从中国文化的根脉中汲取并不断寻找延伸的触角，获得长久的生命力。拥有一个可以坚持一生的爱好，成为书法家，也许是时代与命运使然，更是他自己的主动选择。

他的童年是在书香中浸染的。苏州家里的客堂间挂着各类字画，他的外公喜欢写书法，妈妈在新华书店发行所工作，经常从朵云轩买来宣纸给孩子练字，就在不经意的写写画画中会冒出很多快乐。二十岁时张伟生认识了第一位老师书法家任政先生，跟随他学习隶书，受益良多。70年代，在铁路系统工作的张伟生作为铁路机关干部，进入“五七干校”参加劳动，拜识并受业于韩天衡先生，潜心向学，问学求道，奠定了后来书学成就的根基。而尤其庆幸的是,35 岁时他坚持放弃了当时铁路系统的高薪，转入相对清贫的上海书画出版社任职，担任《书与画》杂志编辑，得以向诸多前辈书画大家请益，如陆维钊、宋季丁、丁吉甫、陆俨少、赵冷月等先生。他们有着精神上的和谐与沟通，他没有只学大家们的皮毛，而是学到了艺术的诚实性，更多地收获了人生智慧和人格感悟，像一棵不断开枝散叶的树，不断成长，枝繁叶茂，在自己的土地里默默地扎下根。

能够将兴趣与职业完美结合，从爱好上升为事业的追求，是一件多么幸福的事。张伟生担任《书与画》杂志的编辑之后，从事书法、绘画专业领域的研究、推广与传播工作，撰写各类书画评论，以及艺术类图书的选题策划等，三十年如一日耕耘、跋涉、积淀，一点点磨成了学问。他撰写出版了《临帖指南》《颜真卿多宝塔碑临习》《宋元书法》《上海百年文化史·书法卷》《笔有千钧任翕张》《怎样写扇面》《百联欣赏》等各种著作，成为了当今海上书坛一位有实力的学者型书法家。张伟生还曾经为谢稚柳先生编辑出版《谢稚柳法书集》，这也是谢先生一生唯一出版的书法集。

张伟生身边一直珍藏着一张书单，是当年陆维钊先生指导他读书所开的书单。《书目答问》《文选》《文心雕龙》《李白诗》《杜甫诗》《陆游诗》《白居易诗》《辛稼轩词》《周易》《论语》《孟子》《左传》《史记》《汉书》《韩非》《墨子》《三国志》《古文观止》《宋词集注》《唐诗三百首》《词律》《曲律》等，这张书单体现了一个老先生的文化积累，也寄托了他对先生的深切怀念。书法是表现中国文化与人文精神的一种美感形式，除了高超的专业造诣，更多的是要多读书。“读书是书法的灵魂”，这也是张伟生对怡和汇弟子们常说的一句话。他的工作室雅致整洁，藏书和卷轴不少。令人讶异的是，卫生间里也错落摆放着一些书本、画册。原来，这里也可以成为一个被艺术化了的地方，随意抽取一本书，翻上几页，竟是一件极雅的事情。

在他看来，从事书法艺术除了长期的基础学习训练外，还应追求一种自我风格创作，致力于字外功夫，它要靠艺术家的观念、情性、胸次和功力等去化古为今，化人为己。这是一个何等漫长而艰苦的过程，或许将是伴随着一辈子的苦行修炼，或许是人书俱老仍未臻佳境。可见，掌握技巧是为了更充分地表现自己的风格，能否走向高雅，取决于个人的审美品格、文化根基和自身的修养厚度，这些构成了书家书写的底气，而怎样让技巧深入地为心灵表现，为独立性表现，他一直以来为之思考和体悟。

张伟生多年来沉潜于书艺探索，借鉴“经典”，远宗二王，尤精于行草，婉约流美，富于内蕴，其安逸、沉稳、和美、温润的诗意的表达，充满书卷和人文情怀，是体验心灵之真与生命之切的能量在延伸与演绎。

韩天衡先生评价张伟生的书风“优雅、闲淡、有韵味”，陆康先生赞誉“恬淡简舒，清远萧散，其学养、才华、人格合一，书若其人”。他自己则推崇弘一书法近于晋人的蕴藉有味，毫不矜才使气，也欣赏白蕉先生的不激不厉，平静萧散，“艺是静中事，不静无艺”。

他说评判一幅作品的好坏，并不是看它在展览中有多么炫目，抓别人的眼球，这不是写字最终的目的。写字就要写自己的心灵，想要表达的一种意境。从字中人们能看到书家对传统文化的理解，看到一种心境。这种境界耐人寻味，是字里面最重要的东西。

丙申岁末，黄浦江滨，怡和堂上，先生传道授业，师范后学——“习书一如求法”，“习书一如问道”，“习书一如修行”。“道”，一种艺术精神与艺术境界 。也许今天的我们比以往更能认识“不炫名、不耀奇”以及“技近乎道”的价值，如庖丁解牛般以神遇而不以目视，消解技的束缚，方能“由技进道”，创造出书法的崭新境界。

竹堂本色是书生

一

他有一种端庄，一种凝重，一种瘦削，一种清雅，充溢着男子的柔情和担当。他在那儿微带着腼腆的笑，你望着他，自然而然地会有这么一种感觉，无论他说什么，你都会从这个清癯如不胜衣的男子身上得到一种保证，一种允诺。

会祥先生五月来上海，问他最想去哪里观光，阿拉上海可是全世界最“好白相”的城市，然而风情万种的魔都似乎对他没啥吸引力，他对玩一点也没兴趣，只心心念念拜访海上书法家白蕉的后人。才子可是白蕉的铁粉！有诗为证:“相逢一面亦前缘，隔代依依岂偶然。今日泉流虽细小，前身照见月光圆。”会祥先生倾十余年时间，研究白蕉，读他所有作品著述，其新著《读白蕉》洋洋洒洒 14 万字，一读白蕉再读白蕉，读白笔记……“读白蕉书论，我感到在人品、学识方面，是受教；而在风度、辞藻方面，是享受。”

他服膺白蕉文字的见识和性情，“白蕉见识、天才、性情、文采俱备，白蕉的书论与他书法的笔笔是古人，笔笔又不是古人一样，句句从古人来，又句句是真知灼见。他不畏历来成见，不惮前人盛名，敢于直陈己见，发人之所未发。”他直言：“对书法来说，白蕉这一代人可能是真正的‘古人’，因为古人书真，今人书假。什么是‘真’，真就是老老实实写字，不欲人称工乃工。”

孟会祥写得一手白蕉体，白蕉次女何益玲函复：“看到信，我眼前一亮，写得真像我父亲。”只这一句，教才子潸然泪下，赋诗记之：“我仰复翁如北斗，亦似复翁于山阴……今逢七月七，少年纵欢歆。我亦愿乞巧，怀君思难任。愿为走狗我岂敢，只是仰止行止情不禁。”这是心灵高度契合的感应，由此获得精神的快慰，单纯的自由与满足。

“第一辑中，有点长远价值的是《笔法琐谈》《竹堂笔记》。第二辑有关书法的《读白蕉》《<书谱>译注》《二王名帖札记》倒可能更耐久些。”他诚恳地向我介绍《竹堂文丛》。我便有了阿累在内山书店邂逅鲁迅先生郑重荐书得到了某种保证的感觉。

有专家把孟会祥之《笔法琐谈》与沈尹默之《学书有法》、周汝昌之《永字八法》、孙晓云之《学书有法》并称为当代论书“四大名著”。会祥先生却说自己写的每一本书，都是个人学习、生活方面的记录，而不是所谓“著作”。

“‘名’与‘实’之间，我更喜欢‘实’。农家子弟，一介书生，做点事踏实，承受不起什么名。以书法为业，我参加了书协，便不再参加其他协会。以前有人说过:“‘背对文坛，面向文学。’各种坛其实差不多。”他坦陈。

他说自已写书不要职称也不要名气，更不可能要什么稿费，他就是享受这个过程。写自己想写的，觉得有意思的东西。我想，写书是他坚持寻找心中最感舒适的一种活法，是建造一个完全属于自己心灵世界的过程。我写故我在。

二

中国文人大都自视甚高，孟会祥满腹经纶却无半点倨傲。他说学书三十多年，最初以为写得不错，后来是略知一二，现在觉得尚未入门。“学习书法，手眼相竞，水涨船高，永远没有究竟，便是究竟。”

他赞赏陶渊明“常著文章自娱，颇示已志”，便“常作书以自娱，颇示己志”。他不以书家自称，自认为是票友。同他写书做学问一样，只是写着自己想写的字，不求大成，顺其自然。无心于道道自得。

凝神，微微思索，专注地开写，他写字绝没有表演的成分。你看不到一些大书家的似醉似仙，似疯似颠，他不喜欢文戏武唱。在他身上，你不会看到一丝一毫的惊、奇、险、怪。写罢把笔一搁，慎重地钤印，文雅地笑笑，站在一边。他笑言自己写字的基本动作还在谱，不丢人。

他平素爱抄录杜甫、李商隐、李煜、李清照等诗词，亦不乏自作诗词。书作上追晋唐，艺格力求古逸。他的小品厚重蕴藉，扇面俊雅可爱，手卷雅有晋唐风气。所写信札，文意简达通畅，草法精严，萧散流美，俨然古人气象。

在他的书法境界里，技巧早已不再是主要的，多年来深厚的文学积淀，他的学养、天分自然随意地从字里行间流露出来。他认为除了临帖和创作，还有许多有意思的事可以去做，“书法包括一切艺术的灵魂，都可以文学来表达，就是诗心、诗境”。他坚持写散文、写诗。他喜欢五四时期有深厚文化底蕴的散文，与先秦散文、唐宋散文相通，晚近的作家中，喜欢张中行。

“书声半窗月，花影一帘风。”我见过他的一副行书对联，长夜漫漫中看书临帖写字，月夜推窗是他的生活常态。推开夜，接一盏月光，泼墨、浅唱、打探人间冷暖，心境如月。“花影”一个象征性的意象，是他对美的渴望，诉求之艰难之执著无悔而趋于淡定。

近日读到《作品的情境》，孟会祥写道：“如果把书法作品看成是一个事件，它有前景，也有背景。背景，大而言之，为一代之人文；小而言之，也就是作品的情境……最关键的情境，还是人。那么，我们经历过什么情境？我们正在什么情境中？我们将创设什么情境？我是甚等样人？”

我是甚等样人？这句最是触动我，我是谁？这是一个终极追问。一个人的生命究竟属于谁？人这一生做的，究竟是为了什么？世俗与精神的世界从来就互相矛盾，有时现实的状况让这种矛盾表现得激烈而不可调和。何时才能不为外物所羁绊，任性逍遥呢？应该如何看待生命的本真，做自己的主人？

三

会祥先生喜爱戏曲表演艺术，他大概可以算得上是“戏痴”，为了收看中央11频道戏曲节目，他把原先的老电视机处理掉了。他尤爱程派艺术，简直喜之入骨，一说起来神采飞扬：

“她的唱念做打，无一不精，扮相又好，真可谓色艺双绝。记得有次看《断桥》，她声泪俱下地哭诉，载歌载舞，真是令人肝肠寸断，情到深时，贯注到全身心，嗟叹咏歌，发扬蹈厉，不知有我。”

他会心驰神摇，为好戏，为戏里的美人。

美人是青衣，被誉为“程派青衣第一人”的张火丁。他迷张火丁，手机屏保是张火丁剧照。他转发了张火丁表演的京剧《锁麟囊》，我便饶有兴趣看了一遍，火丁低回婉转的唱腔，脱俗清郁的气质打动了我。又看了一遍，那种收敛与节制，婉转蕴藉，别有一番滋味在心头。我一下子明白了，在感伤、失落的时候最适宜看张火丁。据说，张火丁性格沉静，不张扬，不喜欢参加各种晚会和京剧堂会。那种安静、低调很契合会祥先生，他就是那样安静、低调地行事。不由想到，他是爱她的平实和简单，忧郁与淡雅吧。

记起会祥先生说的：“一种心情的获得比什么都可贵。”人活着就是一种心情吧。

“不痛，则以纸巾拭泪；痛，则以袖拭泪，看到动情处，哭上一番，实是享受。”侃起自己看戏的体验，他笑说自己泪窝浅。

“京剧是让人越看越爱的东西。虽然大师凋零，但京剧名家毕竟还保存不少流风余韵…… 像梅兰芳，唱腔尾宛淳正，有庙堂气。像周信芳，声音沙哑，然而声情并茂，淋漓尽致；像马连良，多多少少，有点油腔滑调之感，好处在于圆熟，举重若轻；像裘盛戎，声音宏大，满腔正气。他们对戏的理解是全身心的，才会有此造诣。”他对京剧表演艺术如数家珍。对戏曲的前途他也不无忧虑：“戏剧混到了被抢救的时候了”“越调大师沈凤梅谢世之后，我看她徒弟们表演，总是不顺眼，不仅唱工欠火候，更重要的是体验不够。沈凤梅虽为女身，而且身材瘦小，然而台上一站，浑若雕塑，她的一举一动也有雕塑感，而徒弟们则站在台上，风摆杨柳一般，哪有一代名相的风采呀。”他吐槽：“河南剧院也拆了。戏剧界倒是时不时弄出一个重大题材奔个‘五个一’什么的，我不知道这些戏到底唱到哪里去了，反正没有看过。”

我在想，现在流行搞的所谓“大制作”，有多少可以流传下去颂演的，打动过多少观众了？几千万元一场戏，真的还不如一本《琵琶记》。

闲来我看了几出经典名段，昆剧优美、柔婉的曲子，载歌载舞的表演，京剧的“唱念做打”，给我最大的感受是艺术即美。原来——死可以是美的，丑可以是美的，哭也可以是很美的。写到这，我似乎看到会祥先生动情处眼角泛起的一点泪光。

我也越发觉得他的书法和他喜爱的戏曲追求的是同一种韵味。有个老前辈曾告诉我，要懂书画，就得懂戏。“喑鸣则山岳崩颓，叱咤则风云变色”，书戏韵律自相通。一个不知戏曲是何物的知识分子，恐怕很难算得上是文人雅士。

“书法所以表现者，也只在当下，只在目前，有什么样的感觉，就写什么样的字。”“成不成书法家是无所谓的事，然而总希望活出点意思来。”他的这“意思”，指人的气质、风度。先生推崇魏晋气度，认为魏晋人生于离乱之中，每感生命无常，就从本身出发，追求不朽，因而其文学艺术，格外散发出生命的光芒。

工写相彰成天趣

一

依竹轩背山面水，东濒长江、黄浦江，西倚吴淞炮台山，环境清幽。一片幽雅的竹林，一丛怒放的野菊花，天是蓝的，山是青的。蒋英坚诗意地安居在他的依竹轩。喜欢临江而居的不止他，还有自然中的花草树木。

“任天空云卷云舒，看庭前花开花落”。淡泊是一种人生体验，不一定要梅妻鹤子，也不一定要烟雨桃源。蒋英坚说他没有经过任何专业的科班学习，数十年间，他从农村出来，从军，转业，利用一切业余时间，挥毫面壁，如痴如狂地沉醉于笔墨天地。因为工作的需要，他学得很杂，摄影、油画、水彩等各个艺术门类都有所接触，甚至还画过放电影前播放的幻灯片，而他的书画基础，却也在这过程中夯实了。1992 年，蒋英坚在上海美术展览馆成功地举办个人书画展，他的写意花鸟画获得了同道的一致好评。

翻阅蒋先生的写意花鸟册页，水墨交融，或随“意”赋彩，或清新淡雅，或纯以水墨，各臻其妙，凝结着数十年的功力和学养，隐含着画家的妙思与匠心。

任何艺术创作都是艺术家心灵的体现，塑造的形象也渗透着作者的思想、情感。因此，艺术家的作品里往往有自己生活的影子。蒋英坚喜画竹，他对竹的情感是独特的、深厚的，别署“依竹轩主”。他早年写过一首小诗:“长记儿时事，山野遍苦竹。枝叶寻常薪，嫩笋时新蔬。削枝催牛鞭，编篱护黍谷。不惧风雨骤，勿须理耕锄。宁折腰不弯，咽苦不外吐。岂乞人施舍，非是为报国。惜愧非板桥，才疏非李杜。美哉家乡竹，歌短意未足。”不仅仅赞竹，也是作者追求的一种精神。他画的双勾设色竹，清新隽美，有装饰意味。他的竹立根于破岩中，尤好墨竹，常以书法用笔写竹石，意态潇洒。

画家笔下墨梅香。品读蒋英坚写在金卡上的圈梅、泼墨于宣纸的没骨梅，别有一番清雅之美。暮色低垂，他和梅丈量着夜的长度，待万物睡去，才开始充分表达自己。

二

近日，不经意间看到了一幅水墨荷花小品，是我偏好的那种冷调荷花，用裁余的宣纸写成，品读之，自觉有味。

横幅，构图饱满。泼墨法画荷叶：用饱蘸水墨的阔笔从左至右横扫出一大一小两片荷叶，夸张地占据了画面三分之二的位置。几笔深色墨线由下向上延伸，粗细有致，摇曳生姿。线条与块面交织，打破了荷叶的横向感，有种出人意料的韵律美。亭亭如盖的荷叶边掩映着两三朵白荷，淡定、圣洁，“波面出仙妆，可望不可即”。淡墨钩的花瓣，花形舒展多姿，嫩绿点的花蕊，形成淡花浓心。三五出水很高的叶梗，顶着的侧荷微卷着，象少女微摆的裙裾。荷梗方圆用笔，横斜交错中充满着穿插布置的趣味。荷干上几许苔点随意点染，留白处不着笔墨，却产生水盈池塘的清透感。

画幅左下方，一根不知从哪儿伸出的藤蔓上，栖着一只鸟。不是翠鸟不是水鸟不是鹭鸶，我姑且称之为“蒋家鸟”。“蒋家鸟”照例是长嘴，羽翅稍丰，圆睁着大眼，藤蔓淡，鸟色深，落墨不拘细行。只是，此鸟少了“蒋家鸟”的桀骜之气，甚至有些温婉。我见过不少花鸟画，为求其生动，鸟儿们两两相对顾盼或呼朋引伴，这只鸟却临风独立，真有点特立独行。没人知道它从哪来，兀自立于池边，看荷生、荷死，生死轮回。那眼是彻悟的眼。

整幅画烟波浩渺有清洁之气。画面上没有发挥画意的诗歌题句，只以穷款为之，方形章面，朱色印迹。

在他笔下，四季荷绽放出各自美的光华。书画集中有多幅浓墨重彩工笔荷:《和谐之春》《夏之韵》《秋雨初霁》《西湖晓曙》《荷塘月色》《雨露洗残红》《此花端合在瑶池》《翡翠盘高走夜光》等，一律的大幅，设色纯净，书风灵动，洒脱，流畅，自然，与画风相协调。

我曾见蒋先生创作《秋韵》，满池的残荷在最后的秋天里挺出水面，瘦骨嶙峋的梗，舞着最后一道风景，却散发出浓浓的生命诗意。《秋韵》入选十一届国展，较之以前的浓墨重彩工笔，此幅多了仿古的意味，属仿古工笔画。这应该是蒋先生在创作上新的尝试。

艺术以返本还朴为高，如《诗经》之美蕴于内而少华词。我看蒋先生的画能悟出此理。二十多年前，蒋英坚作出一个决定，从画传统花鸟转向重彩工笔花鸟，他认为大幅工笔画较之写意小品大气，更能表达他想要表达的东西。但他对工笔有自己的理解和感悟，他要融入个性化的特色。在画法上他舍弃了传统工笔画烦琐的程序，不用描抹，铺开画纸，直接上线。同时，凭借对色彩的敏感和自信，采用层层分染的方法，使得每一幅画的色彩都非常强烈。一律的纯，纯中透着一种无可比拟的浪漫主义色彩 。他的工笔中带着写意的韵致以及写实中的朦胧美。

他将自己的艺术取向定位在“重彩工笔”的范畴之内，

不断以新的视角、新的观念进行创作，以新的语言表达自己对生活的感受和审美情怀。“面壁十年图破壁”，安然独坐依竹轩。世俗喧嚣悄然而去，只管把自己放逐在美的性灵中，追求自然、生命的气韵。

“飞虹堂”主人

一

我不认路，只知道要过一座桥，结果两次折返，终于过了桥。进了孙桥三灶的一个宅院，便似入了江南园林。游廊、窄巷，一丛修竹倚着石。院中栽有几树梅，不知是白梅还是红梅，梅花开了，一定数不过来。另有一池绿水，水草袅袅，几尾锦鱼在嬉戏。独立院中，静谧是最美妙的语言。

好大一个书斋。一块松木匾，刻有“翰墨香”三字，是清代张照的原作。两边一副道光年间的对联“蔼乎若春风中坐，皎然在玉山上行”，是兵部尚书陈龙写的。这里是袁雪山的“飞虹堂”，气宇轩昂的“飞虹堂”。

厅堂字画盈壁，观草书杜甫《月夜》诗，笔力雄健，风神洒脱，欹侧呼应处有山谷觉斯遗趣。行书白居易《琵琶行》清新自然，风格典雅 。另有写瓷作品若干。我忽然觉得瓷器这种状态是最美好的，起码它永远不会成为碎片。

书房一角，一排实木中药柜里装着历代名家法书。法书装在中药柜，想来也不奇怪。中药有四气五味、升降浮沉、配伍、禁忌等，法书也一样。诗人车前子肝气郁积，易怒时，就用《伯远》《鸭头丸》《苦笋》三帖，临习七天，一个疗程。

谈到堂名，袁雪山声调高了:“那年我住川沙，有一天我写好字从画室出来，哗！天上突然出现一道虹，又大又漂亮，是一道七彩虹！30 多年来我都没好好取一个堂名，刹那间灵光一闪，‘飞虹堂’就这样诞生了，这名字越叫越响。”他的话让我想到了苏轼适遇大雪时命名的“雪堂”。

袁雪山擅铁线篆、小楷、行草。他十四岁时学书，初学王羲之、欧阳询、褚遂良、怀素、苏轼等，后涉及各家。他对名家作品进行观摹、临写，尤心仪苏、黄、米。他可真算得上是个怪人，从 20 世纪 80 年代起，突然从公众视野中消失，闭门习书，潜心于前贤的遗迹，每天 10 到 12 小时的心慕手追，一练就是 15 年。好像被称作高手的人都是这么干的。据说王羲之的《兰亭序》，袁雪山曾临摹了不下 200 遍。我想起苏轼所说的:“笔成冢，墨成池，不及羲之即献之”。

在武侠世界中，很多高手的招式是通过师傅传授的，严密的招式是习武人的基础。早年袁雪山启蒙老师王京盙旧学功底深厚，工多种书体，尤以小篆见长，书风谨严古雅。王老师指导他楷书学欧，行书取法二王，以及写王老师的字，看他用笔的细节。得到恩师的泽披指点后，袁雪山的书法进步很快，两年时间就可以写得很像老师。后来他不再满足于写老师的字，把米芾、黄庭坚等统统写遍了，被老师说成是叛徒。

他还与谢稚柳、来楚生、王个簃、唐云、程十发等等一些海上名家交游，亦师亦友。在交游授受中偷学本领（偷学是我说的），汲取能量，领悟并窥得其奥，来打通任督二脉，快速生成内力。袁雪山认为一个人的人生和生活，精神生活和文化生活决定了他书法艺术的高度。

二

“弹钢琴，每个键都在那里，照着琴谱摁键也就成曲了，再如昆曲、京剧都有腔有调的，都有规定。”袁雪山感叹：“书法，你说它无法，好象又有法，你说它有法，好象又无法，都没有定调的，想要写出自己的路子，根本门都找不到。”他说的是70年代，社会上掀起一股书法创新的风，大家都开始创新，他也创新，创到后来却理不出一条思路来。

当然，他不是一般人，他是雪山，诗仙李白曾为它写出了“明月出天山，苍茫云海间”的诗句。入门与取法之路“正”了，明月便会出天山了。

有一天，袁雪山领悟到，米芾书写时出现的某一笔是他整个思想体系中的，书写时必须要体现自己的创作活力。而技法、思路、能量积聚而生成同等艺术价值观的东西，它是自然孕育生发出的，认识自己的能量大小，它决定了出来的东西是否高级。古人的个性是相当高级的境界，包括他们的用笔。袁雪山说了九个字：狠、稳、准；谦虚、自卑、努力。他的意思是搞创作要“狠”，老老实实地在古人面前低头哈腰，这叫“自卑”。他说：“做到这几点，到了某种高度就够资格在历史上坐个位置。”

后来书法界有人送了一个称号给他——“仿古高手”。袁雪山连连摇头：“我不是临古、仿古，我是创古！”

我问：“有一天能达到王羲之、米芾那样的高度吗？”他想了想，慎重地说：“要超越他们，很难。不过我敢说，明朝以后书法家中写得比我好的几乎没有！”

袁雪山在《名帖导临·草书》（2005年，上海书画出版社）中对皇象、陆机、王羲之、王献之、孙过庭、张旭、怀素、黄庭坚、董其昌九位前贤的书法精品进行了解读，他把自己的临作也放了进去，与古人对照，指出临写要点。在他看来，当代人写草书的优势是有个性，大胆，但是跟古人比缺少了法度，内在的不如古人。

那天，上海人家的晚宴上，一道传统名菜脆皮乳鸽被端上了桌。大家都举箸夹了一块肉，唯独雪山先生不动筷子。我问他为啥？他严肃地说:“我尊重鸽子。鸽子是和平鸽”。

哈，这位长得像佛的先生，你——是来度我的么。

青蛙　青蛙

想不到他新的工作室在这样一个地方，窄窄的巷道，小铺林立，有五金、小吃等各类营生。门敞开着，一眼望见屋里的爷叔阿姨在嘎三胡，嘎三胡的爷叔阿姨也一眼望见路过的人，问个信、打个招呼、点个头，竟像是熟稔的朋友。

我这是来到了人间吗，这么烟火味。

几年前我在杨浦 220 车站附近小住，经常穿过铁轨去一家代号 220 的面馆吃辣肉面、兰花豆腐干，这家辣肉做法不是肉丝、肉块，而是肉糜。老板手写记账，吃完出来，旁边的菜市场熙熙攘攘。窄窄的巷道，小铺林立，非常人间。

我和柳树、凌凌穿过烟火味，眼前不是 220，而是 5 号。天色渐暗，有一座大水塔伫立在面前，两层楼那么高，这里原是一家铜版纸厂。从两扇大黑门的缝隙看过去，满院子绿植郁郁葱葱却凌乱，主人似乎有意栽培无意侍弄。

徐庆华把我们迎了进去。不久前，在黄浦江边，他挥动如椽巨笔，书写300平方米超大幅式的苏轼词《念奴娇·赤壁怀古》，黄浦江被他搅起一阵巨浪。在围观的人群中，凌凌举起相机见证了当代艺术界这一重大事件。“快闪”般神奇的书写表达与远处浦西高耸入云的摩天大楼、闪光的玻璃幕墙交相辉映。镜头里，还映现出雀跃的孩子们，一张张或欣喜或惊诧或茫然的成人的脸。

“我做得很学术，有专业的高度在那里。”提起巨书，会让人想到江湖书法，跟江湖书法完全不一样，这位上海交通大学媒体与传播学院副教授，他的巨幅狂草现场创作从学术上考虑，非常注意场景和环境，包括作品的大小。在他眼中真正好的位置，在延安东路对面的广场上，震旦的下面有1000平米。但是要层层审批，非常纠缠。

巨书，他做过多次。他在敦煌雅丹魔鬼城写过，在美国长岛写过，甚至在壮士余纯顺牺牲的沙漠里也写过。

他称之为“沙书”。他要做一个概念，一个比较禅意的，从无到有，再从有到无的东西。他在莫高窟九间屋前面，写25平米大的一个字，全部写完，手马上肿了。

就像探险者不断地探索新征程，他要去喀什“边跑边艺术”；下探地表88米的采石矿，在深坑内写巨书，“书法是讲究深度和高度的”，他要重建与空间的关系，建立一个在场的联系。这里曾经是地球上的“伤疤”，原生的岩石崖壁那种粗砺的质感与书法艺术相交融，意味着场的复活。

在徐庆华工作室，我看见了那根线条，搅动黄浦江的线条，翻滚腾挪，无处不在。篆刻、书法、抽象画、线条艺术，他从19岁就开始玩了，他的玄书暗藏着玄机，里头同样有他的观念和他的视野。他的工作室也暗藏着玄机，柳树走哪都能发现CAMERA。

这间工作室空旷又不空旷。够大、够高，黑色的粱，坚硬的钢质地，保留了原本纸厂的架构。他就要这种高的空间，站在底楼，能看到二楼的一排窗户。屋顶有天窗，有天光进来。

几株绿植的叶子斜斜的伸过窗户一角，在清风中舞动。

这是一个产品车间，我们兜兜转转。我看到了大酒店屏风上的草篆、各种趣味天成的画瓷作品、26米长的“将进酒”——他的代表性狂草，一批刻印：文字印、肖形印、佛像印。当然还有他的代言蛙——青蛙（他名字的谐音），他广泛搜罗来的，站成一排，形态各异。有击鼓而歌的青蛙，有最萌最胖的“思想者”，从中能看到制作者的脸。这里有个“青蛙会”团队。

黑暗中冷不丁传来嘭的一声，是厚重的门与墙的撞击，就在耳畔，又似乎在远处，极安静。角落的蜘蛛网，残破而不完整。

一只椅子落一层薄薄的灰，上面涂满了颜料，似乎在讲述不断发生的事件。覆盖，又被覆盖，能看到的仅是表层，看不到的深不可测。

翻阅未装订成册的作品集，一张又一张，甲骨文、狂草、画瓷、不同背景的巨书图像、抽象画，当然还有玄书。“玄书不是乱书”，徐庆华说。很快地翻过去，指尖拂过四百多页，哗哗的大半个人生，翻过去了。

我在二楼转角的一处小空间留了影，恰容两个人坐，灯坏了，点上一根蜡烛，如豆的光淡淡晕开，在草编的蒲团上打坐，四周是深深深深的静。

白水黑木

黑木，是白水的黑木。

笔会上，黑木穿一件白底印着篆字的衬衫，气定神闲，使一支兼毫，在宣纸上疾书李白的《将进酒》。

他的行草有二王的韵致，流畅生动，汲取了明清诸家尚势的行草和章法布局，也许还有点米芾沉着痛快的书风，甚至还带着那么点儿散淡。

错过了黑木先生六月在上海半岛艺术中心的个人书画展，获赠了一本黑木的新书《书画刘奇》，二月河写的序。每幅作品都像是一种感悟，敞开了作者的胸怀，诉说着跋涉中的浪漫与厚重。

黑木的篆书入选了九届国展，关于篆字，他在一篇文章中说:“茶禅一味”是一个境界，而精美的书法作品应该和禅有着同等重要的境界。在高逸士人的眼里，书法已经不是一种技能，而是被净化成为一种生命的情韵和意趣了。观黑木篆字，清丽而不浮躁，入时出新而不虚饰。书画家蒋英坚认为黑木的篆书超过了行草，我则独钟情于行草，窃以为他的手札体，风行云流，气韵隽永，他骨子里有一种浪漫，于不经意中从字里行间逸出……

黑木在我随身携带的册页上写了王之涣的《登鹳鹊楼》，不作大幅度提按，意态潇洒。“河”“入”“流”“楼”诸多枯笔留下让人想像的空白，产生了极好的诗意空间。两枚印章分别是“刘奇印”“黑木书古诗”。

我第二天去了浙江兰溪诸葛八卦村，漫步于村中青石铺就的古巷时，感受到似连非连、半通不通、曲折玄妙的乐趣。行入这虚实难料间，常常不得其道而入，不知何径而出，让我联想到了黑木书法。

我对黑木的山水画心存好奇，黑木赠了我一幅。打开画卷，简直让人心生狐疑。

狐疑之一：没有山水画最基本的内容，无山无水甚至也无石。

狐疑之二：取东坡《水调歌头明月几时有》词意入画，没有想象中的举杯对月。

黑木此画不用宣纸，而是一张黄黄的粗糙的方正元书纸。此幅方形构图，实景与虚景结合。画面正中，土坡旁，一位扎着发髻的老者，侧身抚琴，发带飘拂……画面右上角，空中，一轮圆月孤顶。于是，老人、身后的一坡、一树、一草，大自然的一切皆笼罩在一片银色秋寒下。

细观之，土坡（我称之为“土坡”，怎么看也不象山头）用浓墨勾勒，至于山头打点时使用的技法：什么浑点、破竹点、胡椒点、破墨点……天哪，一概没有！只用淡墨渲染，先用湿笔而后用焦墨，浓淡适宜，皴笔简练，层次分明。树的画法可谓笔道所至顺乎自然，这就让人将全部注意力集中到了艺术家笔下的人物身上。老者正侧身而坐，对月抚琴，神态有些凝重。人物线条可以说有些稚拙，黑木是不计较一笔一划的得失的，“大璞不雕”嘛，一气呵成人与月的神交。

原来黑木是“有意写话”啊，随意率性，至于是“把酒问月”，还是“对月抚琴”，这些都无关紧要了。

对于月的意象，自古以来，多情的文人总有着不可割舍的情结：明月千里寄相思 。这种传统的文人性格不仅在东坡，不仅在宋代。黑木取东坡词意入画，不只因为佳节即至，身在异乡而怀人，多情的黑木更是穿越时空化身为词人与明月对话，探讨一个凝重的话题，这当然也是他对生活的思考。

中国山水画是一首无声的诗，而诗者，实则为歌，即曲。国画大师黄宾虹曾说：“意远在乎静，境深尤贵曲”。黑木作画就象在弹奏一支无声的曲子，至于用怎样的技巧去表现，他是不太在意的，他只管将秃笔饱吸浸透，记思寄绪，一切景语皆情语。

画的左下方抄录了《水调歌头明月几时有》全文，十四行，文字优雅。若将其略为上移，留出下方空白，并注意文字的错落有致，会更好。

整个画面，空灵雅致，讲究意韵，清气婉约，一种飘飘渺渺无限的遐思。

老车印象

老车拍照有些特别，他拍脸只拍眼睛，拍一只眼。他拍耳朵，拍耳垂，其实是拍耳垂上的耳钉：一朵小花。本来小花是点缀，在他这里成了主角。他拍锁骨，不拍锁骨上面的脖子。他拍下巴，不拍下巴下面的脖子。他也拍说话时的嘴唇。

车前子真是有别才。

近来读他的散文，感觉和他拍照一样的视角独特，骨骼清奇。散文随笔这种体裁，他称之为写出饭钱就歇工的。诗，才是他的心头好。

在美术馆观老车的画，写意、淡墨、素净。笔墨放纵、任性不羁。我说，别管老车画的什么花，也许玉兰也许杏花，你去对景是对不着的。古人写诗“春花秋月”，开在枝头的一律是春花。这回我是“一日看尽长安花”。

花有语言和表情，一枝一花一叶，表现当下的状态心境。老车是诗人，他的画是他想画的画，他的花是他心中的花，他想用什么颜色就用什么颜色。葫芦是蓝色的，从天上吊下来，与天空一样的蓝，也没什么不好。除了蓝葫芦，就是几根舞动的长线条，缠绕，多用枯笔，具音乐性。他的画里有玩心，玩心不止，细节也细致，所以展现出来的视觉是动人的。

书画中的线条，用笔是关键。我看过挂在茶室里的一件作品，写的“三水一山”。线条好，有趣味。我起初以为是“二水一山”，漏看了一横。千夜说“一横在天上，二横在人间”，说得好啊。真有点像日本人书法，带“概念”带“装饰”性的“当代”书法，与传统书法评判略有区别。在一般书家看来，这件作品也许章法上还需探讨，甚至布局属于失败的。但老车不是一般书家，他是怪才、鬼才。一横写到天上去，妙！

一根树枝上荡着一只石榴，那是五百年前的青藤在狂狷疾走。线条生机勃勃。车前子三个字的落款像藤蔓，随机生发，有时索性就落在画中间，像枯藤绕树。这又让我想到了他的散文，一样的随机生发，散却辽阔。他的画给人的感觉不是散，是松。松是一种心态，从线条的节奏、艺术表现力传达出的内心情感。

他画在金卡上的茄子、杨梅，就那么一根、三两只，简约而有趣味。“多多许不如少少许”，那是人生中的取舍，人到中年要做减法。

“简”实际上不容易，并非少画些就行了。简，表达的是心境，尚简重意。简，是一种心情的敞开。

在画展现场，他的一幅茄画被挂倒了，本来横平的茄子变成了竖直的茄子。他不以为不然：不用调整了，就这样吧。于是，这只茄子就一直竖在那里，看多了会让人想入非非。

夜深了，后里的小院，蔷薇爬在墙头，几人就在一棵大树下聊，我疑心是棵枇杷树，桌上一盘金黄的枇杷，后来才知是桂花树。清可绝尘的花香若有若无，兴致来了，老车说起了他的师傅，他美丽的师姐，当然还有他的爱情。说着说着我相信他属于缥缈派，就像他的散文，他的画。

在花朵细小的内心

榴花照眼明

“小满者，物致于此小得盈满。”(《月令七十二候集》)

今日小满，麦已灌浆。听小麦拔节，活得用力。行走在苍山洱海的大理坝子间，有良田沃野，村舍俨然，小道旁、丛竹边、房前屋后，一树树石榴花开得烂漫。“一朵佳人玉钗上，只疑烧却翠云鬟。”倘是傍晚，变幻莫测的云光里，天边一片红彤彤，便分不清是火烧云还是榴花红了。

李渔《闲情偶记》:“花之最能持久，愈开愈盛者，山茶、石榴是也。”与众多的花比起来，石榴花是最接地气的，它花果美丽，寓意吉祥，栽培容易，正是中国人所希冀的繁荣美好、红红火火、多子多福的吉庆佳兆。所以人们都喜欢在庭院、宅旁种植一两棵石榴树，或盆栽置于阳台、居室，感觉生活便如石榴花般红红火火了。

《广雅》上说，石榴“一名若榴”，乃出于西域的安石国，故又名安石榴。据传汉张骞出使西域，得涂林安石国榴种以归。石榴花历来为文人墨客广为吟咏。白居易有诗云：“山石榴花染舞裙。”古代美女爱穿的红裙系用石榴花提炼出来的染料染成的，故名“石榴裙”。唐人小说中的李娃、霍小玉等，就常常是一袭红裙。杜牧“似火山榴映小山，繁中能薄艳中闲。”赞美山石榴艳而不妖，独具美质。杨维桢有首《咏石榴花》：“密幄千重碧，疏巾一拶红，花时随早晚，不必嫁春风。”花卉有本愿，草木有本心。榴花不开在春风乍起时，不与百花争妍，其自善其身尤显高贵。

石榴花果并丽。明代书坛的旷世奇才徐渭，有《榴实图》流传于世。泼墨写意，绘石榴破壳开口的姿态，简放传神，那是生命内在敞开的愿望。一根细枝斜垂而下伸出画面，一气呵成又富于变化，线条细劲。信笔点出的榴籽，浓淡枯湿，层次丰富，榴叶风中拂舞，灵动飘逸。画面右上方草书题诗两行“山深熟石榴，向日便开口，深山少人收，颗颗明珠走”。作者以深山石榴自喻，抒发了胸怀“明珠”而无人赏识、怀才不遇的心境。书画互为补充，相映生辉。

花朵是最初的姿态，一种饱满的盛开。榴实绽露是沉甸甸的姿态，一种彻底的敞开。徐渭曾说：“一寸灰，一寸心”，回望悲苦的命运，孤寂地坐在青藤书屋里，面对虚空。迎着季节的光芒，万物“小得盈满”，却仍有靡草枯死，枯荣有时，兴衰无限，都是生命的一种状态。

暮春，春光渐逝，花事阑珊，唯有石榴蕊珠如火，在枝杈间隐现着刚刚结出的幼果。韩愈有诗云：“五月榴花照眼明，枝间时见子初成。”小满是入夏炎气初盛、阳气高傲之小盈，这季节的果实勾起味蕾的活跃。

到了“五朵金花”的故乡，不逛逛这里的大集市，真是枉来一趟。云南有句民俗“鲜花称斤卖”。在古城集市上，当地农人售卖着各类食用花卉，除了最有名的玫瑰，还有金雀花、杜鹃花、棠梨花、芋头花、核桃花等。其中有个老婆婆摆个地摊，守着一小堆石榴花在卖。这些花瓣黄澄澄的，看着真像星星。婆婆说石榴花可做菜，可入药，可泡茶。做菜的话，焯水浸泡后凉拌，做成石榴花汤，或者把“星星”与云腿一起炒，好吃到爆。几个背着筐采购日常物品的长住老外，蹲下来挑选着一朵朵石榴花。他们说着纯正的普通话，搭讪、询问、讲价，也成了集市上的一道风景。

沿着一条古街曲里拐弯，来到古朴幽静的染衣巷，巷口便可见到喜秀坊（靖庐）的招牌“指尖上的艺术”，这里有活着的非物质文化遗产——喜洲刺绣。庭院里几树榴花灿然绽放，映衬着六位白族姑娘的脸红艳艳的，她们正围坐工作台手绣着工艺品。不远处空地上摆着几簸箕雪白的蚕茧，负责人张先生向我们介绍道，曾经染衣巷“家家女红，户户织工”的繁华景象已经一去不复返了。岁月变迁，许多手工作坊没落了。年轻的绣娘们重拾女红的手艺，她们所传承的是白族刺绣与蜀绣的精美工艺。再看绣娘手中的绣品，色彩鲜艳，针线细腻，针法变化丰富，虫鸟鱼兽、人物花卉皆栩栩如生。临行，我买下了根据丁绍光人物（二件）制作的手绣作品。

我在四方街食店点了一道小炒石榴花瓣，吃起来脆脆的，散发着独特的清芬，回味有点酸酸的，那滋味很是特别而隽永。

踏着新泥走在小径上，由衷感到没有比自然中的花更美的了，花开人自心安。站在石榴树下，曝着阳光，便能体会到诗人顾城说的“我们站着，不说话，就十分美好”。

荷花的升起是一种欲望

曾经在南普陀寺遇见一池残荷，消残的枯荷、摧折的枯茎令人触目惊心。在都市的钢筋水泥森林里，我们常常对季节无感。这一池残荷，让我想到了冬季，生命最后的印迹，一些濒临寂灭的生命之光。

我在池塘边站了许久，隐隐约约地，见到几尾游鱼在晚秋的莲田间穿梭而过，头脑中猛地迸现了“俶尔远逝，触处是花开”。过去我从未听到过季节之声，而今是第一次如此强烈地感受到，花的时光隧道连接着过去和未来。

后来，我在上海中国画院藏荷花作品展中，意外地看到了陈洪绶、虚谷、齐白石、吴昌硕、吴湖帆、贺天健等一批大家绘制的荷花、莲蓬，与真正的荷花、莲蓬一起展览。展厅外是盛放的荷花，展厅内则摆放着从近郊运来的带有春天气息的莲蓬。陈洪绶《和平呈瑞》是程十发捐给画院的，这幅作品设色清丽，瓶中插两枝素净的白莲，妙不可言。齐白石的《荷》红花墨叶，一只蜻蜓嗅着清芬款款起舞。虚谷的《湖中风味》绘莲蓬一把，新藕几枝，脚沾泥土的天然本性，是世俗生活的态度，意蕴寻常日子里的彼此珍重。在观赏一件件画作时，我看到了生机、生命。现实的与过去的定格成了永远的生命，让人想到了时间与永恒。

“山有扶苏，隰有荷华。”“彼泽之陂，有蒲有荷。”古代文人雅士爱以荷作诗，吟诗作画，他们还喜欢在庭院中挖池养荷，筑亭赏荷。到了东晋开始流行起了“盆赏”，据说书圣王羲之首创盆栽千叶莲，其《东书堂帖》:“……敝宇今岁植得千叶者数盆，亦便发花相继不绝，今已开20余枝矣，颇有可观……”20余枝莲次第开放，花叶迎风飘举，怎一个美字了得 。想那王羲之定是解衣盘礴，晓月清风作伴，人望花，花对人，目中花渐成心中花、笔下花。我想找来原作欣赏，然水赉佑先生告诉我，此帖名为《荷华帖》，收录于明《东书堂帖》第三卷中，已残，字俗，属伪迹。

羲之种的千叶莲，即花瓣多的莲花，佛教以此作为宝莲。相传，佛祖释伽牟尼是从巨型莲花中降生到人间的。因了荷花“出淤泥而不染”的君子气质，佛教将其作为崇高至洁的象征，莲花是“报身佛所居之‘净土’”，故有“莲花藏世界”之说。

记得“诗魔”洛夫写过一首《我不懂荷花的升起是一种欲望或某种禅》，这是他独创的现代隐题诗，诗中以荷花意象写一种欲望，由欲望升起而参禅悟道。

上个月，我来到苍山南麓的寂照庵，仿佛置身一片花海，这里只栽花不烧香。地上长的、盆栽的、瓶插的、垂吊着的、各种老桩、群生多肉如巨大的莲座状玉蝶、观音莲等肆意生长，似乎得了佛的加持，到处是生命勃发的意识。佛台上供奉的全是鲜花，寂照庵的妙慧法师说：“佛什么都不缺，不在乎你一炷香，但在意你一颗心。”是啊，想想世人进庙烧香拜佛，多是为了种种私欲，求官求财消灾免难，正是洛夫诗中所写“种种恶果皆于昨日误食了一朵玫瑰”。荷花的升起是一种欲望，而它凋残也是本性使然，是一种劫数。荷生荷死，在轮回中诉说着生命的旅程。我们要修持的是一颗心，即便脚下有浊流，也要摆脱狭隘局限，融合天地风云之气，在泥淖中素净地立着。

最近，我看到了日本花道大师川濑敏郎的作品。他将枯莲与苍术、山东万寿竹之果一起插在花器上，在他眼中花朵凋谢的枯莲，已释重负成为自由之身。他的另一件新城鸟壶的花器上，有一道自然的裂缝，五个莲蓬依次嵌入其中，他说从中发现了枯莲的趣味，听到了枯莲的声音，可惜无法很好地应答。可惜我们也都是“无法很好地应答”。

何以销烦暑

每年阳历的 7 月 22 日或 23 日，太阳达到黄经 120 度时，即为大暑节气。《说文解字》：暑，热也。从日者声。者即“煮”，造字本义：天热如煮。“暑”是热之极，到达一年中炎热的顶点。

天这么热，实在不宜外出，做些什么好呢。

白居易有首《销夏》。大暑天择一墅而居，闭门谢客。居小院之中，窗下清风徐来，空室更清凉，宁静自在于心。

销夏

白居易

何以销烦暑，端居一院中。
眼前无长物，窗下有清风。

热散由心静，凉生为室空。
此时身自得，难更与人同。

纱帘，隔出一片静谧，或捧一卷书，或研墨习字。累了，一觉睡到天荒地老，再来点时令小蔬，切盘冰镇西瓜，生活便慢了下来，静享夏日好时光。

在《易经》64 卦中，大暑的卦象是“遁”。遁是退避、隐居之意。像米芾那样入山消夏避暑，享受“南山之阴”，倒也是不错的选择。

米芾《逃暑帖》据曹宝麟先生考证疑为致章惇书札。大意是说米芾因暑热而到山中避暑，感觉整个人都安逸舒适了。

在山间小道上漫步好惬意。绿荫深处，凉风轻拂鸟斜飞，人声也淡了下来，清泉泠泠，流经外面的尘世间。

自上周入伏后，长夏开始了，头顶的太阳越来越烈。三伏，宜伏不宜动。清代李渔：“应夏藏，闭门谢客。”“书圣”王羲之自有他的逃暑良方，就是在家挥汗写《热日更甚帖》。每当酷暑至，他写《热日帖》《大热帖》《热甚帖》《毒热帖》，凝神专注写上数百字，写着写着便不热了，心静自然凉嘛。

此帖草书刻本，自然含蓄，遒美健秀。

《热日更甚帖》是王羲之写给朋友的信，大意是：天热来兮，我和你一样溽热难忍，早起乘着凉意散散步，等待药性散发。

宋代诗人黄庭坚的消暑妙方是在水阁上吹风赏笛，风雅得很。

暑水阁听晋卿家昭华吹笛

黄庭坚

蕲竹能吟水底龙，玉人应在月明中。
何时为洗秋空热，散作霜天落叶风。

此诗写于宋元祐三年（1088年）在驸马王诜的府邸，其时正当大暑节气，天气酷热。黄庭坚等文人聚于水阁，听侍女昭华吹笛。当吹笛的玉人由广寒月宫携一片清凉款款而来，泠泠音符化作丝丝秋风，洗尽夏日的炎热，那叫一个熨贴！音乐的力量能缓解烦躁情绪，安神、开郁，抚平人的心灵，让人从酷暑一脚跨到秋凉。

七月，正是《诗经》中“七月流火”的时节，大火星西行，天气将要转凉。这样的时节最适合临帖。临逸少《游目帖》，“登汶领、峨眉而旋，实不朽之盛事”，巴蜀山水自古雄奇瑰丽，登上山顶极目远眺，一片雪峰如海的世界，怎不令人心驰神往。仰望苍穹，俯瞰人生，真让人思绪万千。

我爱临《奉橘帖》,2 行 12 字，字字皆好，书风疏朗清纯。韦应物有诗云:“书后欲题三百颗，洞庭更待满林霜。”用的正是这件书法的典故。在临帖中感受王羲之书法笔致的丰富性，令人回味无穷。

例如“霜未降”一节，章法出乎天然，“霜”字颇具姿态，“雨”与“木”的衔接实笔连带，“未”字横划入笔凌空侧向如鹰击长空般射入，第二画至中段横截笔锋有奇峰突起之势。“降”字松弛闲逸，右半边微微敧侧仿佛凌风飘举。

关于临帖,《竹堂文丛》作者孟会祥先生说:“所谓目击道存 。二王法帖，一见即为倾倒。当然，其高妙玄秘 ，也是由技术累积而成的 。技又进乎道。最高超的技术一定与最高超的心性为一体。累年以来，二王法帖常置案头，或为临摹学习，或为休息身心 ,时时披阅，仰高钻深……”看来，大暑当下，耐住寂寞，慢慢地沉淀下来，蕴蓄能量，方如晋葛洪《抱朴子· 嘉遁》:“蛰伏于盛夏，藏华于当春”。

冷露无声湿桂花

“寒露”至，秋意渐浓，露水触手冰凉。在虞山满栽桂花的小径上走一走，风过处，花飘落，“广寒香一点，吹得满山开”。

在常熟辰欣苑小住，每回逛到街头，总能看到一婆婆推着辆设摊小车，里面摆放着新鲜的桂花糕。切一块，乘热吃，松软细腻、香味清雅，我确信她撒上的是虞山的桂花，别样的纯净。星星点点的柠檬黄小花，恬淡而平实，像极了婆婆的笑容。也会忆起我那慈祥、心灵手巧的外婆。关于外婆的回忆，总是与月影花香、吴刚伐桂的故事、屋后翠竹林、外婆细密的手纹、几颗带着体温的枣子有关。有那么些日子，她手绣的精美枕套、手帕守着我少年的梦境。

婆婆的推车里，另有在高乡芋圆里加入董浜水磨粉做的圆子，再放上一点银桂的糖桂花，软酥糯滑，唇齿留甘。刚采的鲜桂花是不能马上作为香料供食用的，须经过适当时间的腌制，否则苦涩而缺乏香味。先用清水漂净，滤水，经去盐、晾晒，再将白糖拌均匀，层层铺叠压实，密封在玻璃瓶或陶瓷坛中。在桂花的一呼一吸中，糖水吸附香气，保留了桂花的醇香气息，当呈现均匀光亮的蜜糖色时，糖桂花就做好了。可掺入各种甜点中食用，还可制成桂花茶、桂花栗羹等。甜点里若少了桂花，便多了惆怅。它浓缩了一整个秋天的美好，花落了，还有着季节外的期待。桂花入馔，那是细腻优雅的日常生活的滋味。

有一种桂花露，《红楼梦》中提到过："袭人看时，只见两个玻璃小瓶，却有三寸大小，上面螺丝银盖，鹅黄笺上写'木樨清露'……宝玉睡醒，袭人回明香露之事。宝玉喜不自禁，即令调来吃，果然香妙非常……"不知道这"木樨清露"是否取自花开第二天清晨日出前抖落的金桂，经糖渍制成的么。

另有佳酿桂花酒，是礼赠亲朋的不二之选。人生苦短，惟美食和美酒不可辜负。如果让我选一种最喜欢的黄酒名字，我一定会投票给王四桂花酒。

王四桂花酒是用齐梁古刹兴福寺"空心潭"泉水酿成，"空心潭"因唐朝诗人常建《题破山寺后禅院》中"潭影空人心"而得名。宋代大书法家米芾写有这首诗的石刻，我在兴福寺大殿东侧院找到了那块米碑亭。

寒露时节最宜酿酒。兴福寺内有棵千年“唐桂”，冷露无声，打湿桂花，露是天地孕育的最洁净的水，经露酿酒，色呈琥珀，酒香清冽。我在百年老店“王四酒家”的廊壁上读到了两朝帝师翁同龢写的“带径锄绿野，留露酿黄花”的联句，黄裳先生曾评价此联飞动而有姿媚，有一种颓放的腴美，好像一个吃醉了的胖老头儿。

翁氏府第在古城区的翁家巷门。据史料记载，翁同龢晚年常去“王四酒家”品尝桂花酒，并为“王四”题联，联中所说“黄花”即王四传世名酒。当年宋庆龄、宋美龄姐妹以及易君左、赵石、邓散木等文人都在王四品过桂花酒，并欣然留下了墨宝。不与群芳并，香自月中来。李清照咏桂词《鹧鸪天》“何须浅碧深红色，自是花中第一流”，应该是对桂花的最高评价了。

凡此种种，桂花固然平常，却有不凡的气质，让人爱它。它在自然界中生长着，却并不在乎人们的感受，就那么自然地开花落叶，不需要任何语言。也许花香是它独特的语言吧，《闲情偶记》:“在秋花之香者，莫能如桂。树乃月中之树，香亦天上之香也。”

《五灯会元》卷十七记载了一个很有趣的故事：

黄庭坚跟随晦堂禅师学禅已经有些年头了，但就是无法悟得禅学真谛。一次，黄庭坚终于忍不住请禅师开示佛门捷径。晦堂便引用了《论语》中孔子的一句话让他参究，“二三子，以我为隐乎？吾无隐乎尔。”黄庭坚拟思应对，晦堂连连摇头：“不是！不是！”黄庭坚迷闷不已。一天，黄庭坚随晦堂到山中散步，桂花盛开，金黄而又细碎的花朵，开了半树，偶尔吹来一缕风，沁人心脾的芳香便满溢了整个山林。师徒二人走了一阵，晦堂禅师突然回头问他有没有闻到木樨花的香味？树林中，小径旁，山石边，哪儿都有花香飘过，晦堂禅师笑着望着他：“二三子，以我为隐乎？吾无隐乎尔！”就在那一刻，黄庭坚豁然顿悟。

黄庭坚的悟道经历体现了黄龙宗“触目菩提”的宗风。“触处领略，鼻秽馨香，都不碍此鼻尖头也。”就象木樨花那淡淡的香味，时时刻刻弥漫在你的周围。大道无形，闻香见色，无往而非道，处处都可体会禅学的妙义。

我对桂花十分喜欢，只因它是清香的木樨。

一年冷节是清明

小区的玉兰开了一树。看到有个大人带着孩子牵了一只蝴蝶风筝，风无力，没把风筝送上天，孩子还是欢笑着。小孩子的开心是多么简单啊。

希望一切清新明朗起来。每年的清明节，全家都要去常熟祭祖，今年情况特殊，听说祭扫流量管控要预约，便问父母怎么安排？父母说不去现场祭扫了，改为遥祭。

往年，早在清明前两周，父母就会打电话给两个兄弟，商量好一起去东张的思亲院扫墓。我有几次随行，会捧出外婆的遗像，为她轻轻拂去上面的灰尘。就如在电影《寻梦环游记》里所呈现的那样，遗像是亡灵返乡和思念的介质，离世的亲人们并未走远，只要你还记得你爱的人，他们就没有真正的离去。

思亲院，就在白茆口。1984 年东张建立了安息堂，后又搬迁至现在的思亲院。楼上“档案室”，一格一格的静默。“所有人的生命里都是一部历史”，这是莎士比亚墓志铭上的话。每个人都有你所不了解的伟大的人生，他（她）的出生史、成长史、恋爱史和日常生活的点滴，这世间还有人记得吗。

每一小间都有编号，找到亲人的骨灰存放处，献一束花，再点一支香，把亲人牌位接引到楼下。楼下有现成的电子香炉烛台灯，插上电，灯烛就像寒夜里真实的小太阳。再供奉上果品糕点，怀着一颗虔敬的心叩拜。有一块专门僻出的场地，供焚烧纸钱，眼睁睁看着纸钱在火中飞舞烧化，所有的记忆便盘旋起来。

达利说，每一个离别都是记忆的诞生。记忆也许躲起来了，但它不会消失。

那天，两个娘舅晒出了五六十年代拍摄的老照片，大家在“张家群”里缅怀我的外公外婆。父亲说，每年清明回老家扫墓，是思念，也是责任。母亲说，这次扫墓，心中思念父母双亲得安慰，我们的根在这里。

娘舅回忆外公于 1971 年 4 月 27 日去世，享年 65 岁。大名叫张永，实为永生。蔡大妹是外婆的乳名，大名妙楠，记得去世时她身上挂的香袋“张门蔡氏”是嘱我写了之后她绣的。长辈们都说我外公外婆是非常勤劳的人，为人善良，村里巷间常常做好事、善事，十里方圆有名的大好人。

从小寄养在外婆家的初舅舅是烈士的后代，他感慨万千：他们的善良，才有我的今天！我和杨锦元是他们善良的最好见证，没有他们，我们也许就不在这个世上了！我从心底感谢他们。我在你们张家也有一个张姓名字！

往事如烟，笑貌音容，贫困年代，茹苦含辛，训教犹存，待如亲生……

节气，它系着我们的血脉，在对远行生命纪念时，我们也把这一天作为一个契机，念血脉相通之情，思同宗共祖之谊，以一颗感恩之心，好好地生活，哪怕是伴着事与愿违的现实，也要好好地活着 。

关于生死的话题，谁也绕不过去，不是每个人都会被记住，也不是每个人都能够体面地离开。黄庭坚有诗句“贤愚千载知谁是，满眼蓬蒿共一丘。”虽说最后都是蓬蒿一丘，但活成自己想要的样子，人生的意义终是不同。

“一年冷节是清明”，幸好还有一个节日是清明，谈论死亡，谈论生命，谈论爱，融入血脉的眷念，让我们思来处，生者寻根，叶落归根。

兰花不是花

秋风一夜凉，浅井泛皎月。应了这一年中最诗意的季节，阳台上，兰悄悄萌发了叶芽和花芽，一棵君荷，一棵玉蕊，应节而开。

为了专门闻花香，李渔的方法是准备一间兰花房，搭配书画、香炉、瓶子等摆设，再准备一间没有兰花的房子，作为退避的地方，因为“如入芝兰之室，久而不闻其香”。即便坐在没有兰花的房间里，香味也会像倩女的游魂一直跟在身边。李渔赏兰可谓有情趣又有方法。

不过，我还是让兰静静地待在阳台，没有把它搬入房。在这样一个秋月当空、露凝成霜的时节，兰浥清露，拂清风，生根、长叶、开花，岂不自在、逍遥。

兰花的花、叶、香俱全，古有气清、色清、姿清、韵清之长。与“岁寒三友”相比，竹有节而无花，梅有花而无叶，松有叶而无香，唯兰独并有之。也难怪元代吴镇在“三友”外加画兰花，名“四友图”。

在我眼中，兰的美是孤介拔俗的。它不爱热闹、自甘澹泊，“孤兰生幽园，众草共芜没”，“孤根不与众花开”。孤芳自赏也好，自命清高也罢，或被人说是不识时务，那就随人论短长吧。

“兰花不是花，是我眼中人”，“兰香不是香，是我口中气。”(《板桥集外诗文》)。想到“兰王”白蕉，其书画印皆允称一代，却一生清贫，只愿“身居山野之外”，弃功利，做个“仇纸恩墨废寝忘食人”。白蕉诞辰110周年时，我来到地处上海远郊的金山，车行张堰，暮色里直奔南社而去。洁明说:“白蕉老家那里只剩一片墙头了”。一片墙头，不留任何线索，却驻满了某种事物。后来，在南社的墙头，一长串名字中，我找见了他。在金山博物馆观摩白蕉传世作品，惊为天人。其书法雄逸清奇，得晋人神髓，一派天机书卷中；其写兰境界幽远清雅。《兰蕙集册》中有件兰画，笔简意浓。

一枝兰花从左侧伸出画面，花茎笔法丰富，所撇兰叶修长灵动潇洒，在这幅作品的题跋中白蕉叙述了这样的情景：

那夜，酒浑客散小庐空，白蕉凝视着灯影下的兰花，想起了童年往事。小时候父亲种了上百盆名种兰，花开时，远近的观赏者纷至沓来，小白蕉每天一大早帮着父亲把庭院里的兰花搬到室内，晚上再从室内搬回庭院，乐此不疲。有天夜里，他忽然瞥见雪白的墙壁上花影婆娑，心中一动，便拿起画笔涂鸦起来，也许初学写兰画得不怎样，却是极用心的作品，在孩子眼里传神极了，从此画兰成为日课。

这便是兰花的因缘，因缘到来，一触即发。季节轮回，风晴雨露，长绿斗严寒，含笑迎春夏，从此看尽生命的花开花谢。

白蕉的兰花神采清奇，独以逆笔写兰之梗。他说:“形在无意矜持，而姿态横生，则韵全。”白蕉兰迥异于吴昌硕的刚劲有力、齐白石的雄秀映发，也不同于郑板桥的纵横错落，飘洒有致。谢稚柳赞誉:“云间白蕉写兰，不独得笔墨之妙，为花传神，尤为前之作者所未有。”唐云说:“万派归宗漾酒瓢，许谁共论醉良宵。凭他笔挟东风转，惊倒扬州郑板桥。”

流连于写兰屏条前，见白蕉自题“半日独处，沉默中出飞跃”、“清欢独遣抽长毫，培花抒叶出沉劲，淋漓密叶雨余重，错落疏花风前动……”又有诗句“今年花好共谁看，魂锁重门飞不到，梦见尤难。”我想到了白蕉跌宕的一生，历经北伐、抗日、内乱、反右等重大历史时期，惜罹难“文革”，流年不永。

一行行诗写满爱与痛，明月不胜寒，何处安放自己的灵魂？所幸，还可以临池志逸，在灯影中一开花一撇叶，再种上荆棘两根。所幸，有两片宿命的叶，竟飘落我面前，载沉载浮。

一枝水仙的映照

借水开花自一奇，
水沉为骨玉为肌。
暗香已压荼蘼倒，
只比寒梅无好枝。
——《次韵中玉水仙花》

这年冬天，黄庭坚在荆州马中玉府中见到了开放的水仙，一见倾心，随即题诗。诗人笔下的水仙如水之澄澈、玉之晶莹，高洁万分；以“不妆艳已绝，无风香自远”的荼靡（苏轼诗句）和“疏影横斜”、“暗香浮动”的寒梅（林逋诗句）为反衬，状其清雅，欢欣与尊崇之情溢于言表。

知悉山谷的雅趣，诗人刘邦直便赠与他一盘水仙，友人王充道又送来五十枝水仙花，他欣然会心为之作咏：

凌波仙子生尘袜，水上轻盈步微月。
是谁招此断肠魂，种作寒花寄愁绝。
含香体素欲倾城，山矾是弟梅是兄。
坐对真成被花恼，出门一笑大江横。
——《王充道送水仙花五十枝》

在这个冬天，他一气写了四首题水仙的诗，可见山谷道人于水仙是有着偏爱的。曹植《洛神赋》“凌波微步，罗袜生尘”写洛神飘然行水的姿态，用洛神的形象来写水仙可是山谷道人的首创！“凌波仙子生尘袜，水上轻盈步微月”，在他眼中，水仙宛若凌波仙子踏水而来——仙姿出尘，清雅高洁。寒冬时节，当群芳摇落时，水仙花却叶花俱在，仪态超俗。

他爱她的“仙风道骨今谁有？淡扫蛾眉篸一枝”的风姿，爱她的“不许淤泥侵皓素”的品格和“不怕晓寒侵”的精神。

一枝水仙，映照出了诗人的魂灵。

每天闲暇时分，黄庭坚就爱凝视着水仙。其实自己对生活的要求和水仙一样简单朴素，一勺清水，几粒石子，适当的阳光就能生根发芽。他的政治命运随着新旧党争的起伏而改变，如今哲宗亲政新党掌权，蔡京认为黄等编修的《神宗实录》中有许多“诬蔑先帝”之处，将他贬官外放，这不过是新党迫害旧党的口实，欲加之罪，何患无辞？

他想到东坡先生说过“人有悲欢离合，月有阴晴圆缺，此事古难全”。既然命运无法改变，那就“不以物喜，不以己悲”，57岁的他能坦然面对一切坎坷，把孤独、寂寞、失意当作是人生不可缺少的调味品，善待真实的人生才对得起自己啊。“五十知天命”，黄庭坚的胸怀是大海，海纳百川。

“坐对真成被花恼，出门一笑大江横。”被花恼？不是真正的“恼花”，是恼静坐对花，欣赏太久，终感寂寞，还是起身走到门外看看浩瀚横流的长江吧。

出门后“横”在黄庭坚面前的是一条“大江”！大江较之前面的水仙，实在“大”得惊人，“壮阔”得惊人；诗末境界陡变，“豪放”得惊人，“粗犷”得惊人。这便是黄诗人的诗歌风格了，有些生新有些奇崛有些拗涩。

清代方东树《昭昧詹言》说：“山谷之妙，起无端，接无端，大笔如椽，转如龙虎。扫弃一切、独提精要之语，往往承接处中亘万里，不相连属，非寻常意计所及。此小家何由知之？”

黄庭坚大概经常“被花恼”。我书房有一册《花气薰人帖》。（草书，纸本，纵 30.7 厘米，横 43.2 厘米，1098 年作于戎州）笔势飘动隽逸，乍看之下，行气排列有些歪斜，其实，这样的随意自在才真是精彩！其秀丽动人处可与苏东坡的《寒食帖》媲美。

“花气薰人欲破禅，心情其实过中年。春来诗思何所似，八节滩头上水船。”（《花气薰人帖》）关于此诗的写作过程，前面有识语：“王晋卿（诜）数送诗来索和，老懒不喜作，此曹狡猾，又频送花来促诗，戏答。”

山谷向王诜解释：我平日修行禅定的功夫被这薰人的花香破除了，现在心境已过中年，诗兴衰减。可是你却在春天送花催我写诗，可知我现在的诗思心境就如一叶小舟在八节滩头逆流而上。哎，我已人到中年了，也许在这沉浮的世间，用一颗禅心面对生活面对社会才是最好的选择吧。

在黄庭坚的诗中，无论是摈弃华贵而清雅的水仙还是出淤泥而不染的莲花、明亮澄澈的月亮、秋江，抑或是松树、修竹、枯几、古镜、金石等，大多具有高洁的性质，是诗人净心洁身的审美理想。

世上如侬有几人

——读吴镇《芦花寒雁图》

面前是吴镇绢本立轴的《芦花寒雁图》(现藏于故宫博物院),凝视,一颗心渐渐沉静,想远离尘嚣随了他,来到这平和净洁的好去处。喜欢这幅画,是喜欢弥漫其中的自由闲散气息吧。

纤纤芦苇一丛丛,风,在岸边梳理芦苇的白发。延绵的水汀,扁舟一叶,渔人坐舟中远眺秋色。顺着渔人的目光看向空中,两只寒雁惊起,一直飞向遥远的天际线,飞向画外。再顺势而上便是远山如黛,加上画幅上端的题款,完成曲致的律动线。江南湿润的空气流动着,画面烟雨茫茫,清旷脱俗,这是吴镇绘画中有代表性的意境表达。

芦苇、渔舟细笔勾描。山石、坡地淡墨皴擦,浓墨点苔。远山层次丰富细腻,形成剪影般的效果。长线画波,一反传统的画鳞波纹。画家大胆地将近坡远渚平列置于江湖之中，平中出奇。这种一河两岸式的构图，让人想起南唐董源的《寒林重汀图》《潇湘图》。《梅道人遗墨》中吴镇有一篇《山水跋》自称："董源画《寒林重汀图》，笔法苍劲，世所罕见，因观其真迹，摹其万一"，可见董源对吴镇的影响。

细观《芦花寒雁图》中的芦花富有野趣，溪水流转，水波粼粼，丛生的芦苇在水上映出倒影，意外地从芦花丛中飞起两只寒雁，扑棱棱的声音如在耳畔，生动唯美。画中的渔父、寒雁增加了意象的容量，显得意味深长，与董源大异其趣。

吴镇渔父题材的画不下十余幅，他为何一而再，再而三地画渔父？

读读他的诗就知道其想法了，"碧波千顷晚风生，舟泊湖边一夜横。兰棹稳，草衣轻，只钓鲈鱼不钓名。"（引《渔父图》题诗）吴镇生于南宋灭亡之年，对代宋的元蒙统治有反抗心理，孤耿高标，终生不仕。诗言志，"只钓鲈鱼不钓名"，功名于他如天上的浮云，可见其无视流俗，不图名利的心胸。渔父不仅代表隐者，更是具象征意义的一个形象。

《芦花寒雁图》题款以草书书就："点点青山照水光，飞飞寒雁背人忙。冲小浦，转横塘，芦花两岸一朝霜。"吴镇的草书很精彩，纵向取势，中锋用笔，草法干净简练，显得疏朗空灵，与画意相吻合。第一个字“点”笔画粗壮，浓墨“飞飞”与“点点”相映成趣，“寒雁”连写，笔画细而有力，强烈的对比变化之节奏使整幅作品极富音乐感。吟诗泼墨之际，便觉得浮生也添了几分悠远几许况味。吴镇的诗多半是题在画上的，今存有《梅花庵稿》，被清代顾嗣立收录在《元诗选》二集上卷里。

古人云“人品既高矣，气韵不得不高，气韵既高矣，生动不得不至。”有一首题骷髅辞《调寄·沁园春》:“古今多少风流，想蝇利蜗名几到头，看昨日他非，今朝我是，三回拜相，两度封侯，采菊篱边，种瓜圃内，都只到邙山一土丘。”足见其不陷于世俗的泥淖，不傍人篱落，不以画媚俗。在元末四大家中，真正的隐士恐怕只有吴镇。他的隐士生活，史料记载很少，大致上是四十岁之前重临摹，五六十岁时山水画独立创作居多，到晚年笔端豪迈，应酬往来者多道流和佛门中人，自称“梅沙弥”。

“元四家”的排名是明代松江派领袖董其昌在《容台别集·画旨》中提出的，即黄公望、倪瓒、王蒙、吴镇四人。“元朝的画派中，只有他（吴镇）结合了极端不同的技法，容纳了南宋的骨体。”（引谢稚柳先生语）可见吴镇与另三家非常不同。吴镇多存董、巨遗风，把董、巨平远、深远构图法结合成为阔远构图法，他的画比巨然温婉、湿润。

用墨上五墨齐备，“出新意于法度之中，寓妙理于豪放之外”（吴历《墨井题跋》），独树一帜。

《芦花寒雁图》用柔润的线条勾写物象，长长的拖笔画出的披麻皴，将境界横向铺开，湿笔用墨略分浓淡，画面朴茂湿润，清幽空灵，显示了他自己的气质。吴镇对江上渔父的荡舟、垂钓生活情有独钟，这正是淡泊坦然的心境与画境的统一。

再读吴镇题画诗，悠然冲淡的意境中见证着他“生在红尘、洁身于梦”的隐逸超然情怀。

孤舟小，去无涯，
哪个汀洲不是家；
酒瓶倒，岸花悬，
抛却渔竿和月眠。
——临荆浩《渔父图》

云影连江浒，
渔家并翠微。
沙鸥如有约，
相伴钓船归。
——《秋江渔隐图》

仙风道骨今谁有

黄庭坚的草书以狂草的成就最高，狂草代表作有《廉颇蔺相如列传卷》《诸上座帖》《李白忆旧游诗卷》等。

不少狂草作品，给我的印象是骤雨旋风，龙蛇飞动，狂放不羁的，如张旭、怀素等书作，它们所传达出来的气息，是飞扬蹈厉是雄强豪放是率意颠逸是愤世嫉俗……目前所见的各种有关黄庭坚狂草的论述，几乎都将其与张旭、怀素狂草等量齐观。

我以为黄山谷与颠张醉素那种“忽然绝叫三五声，满壁纵横千万字”的狂者之风截然不同。山谷对于贬谪生活，始终以平常心视之。《宋史》记曰:“庭坚泊然，不以迁谪介意。蜀士慕，从之游，讲学不倦，凡经指点，下笔皆可观。”在仕途不顺的情况下，还能讲学施教，从游者众多。修禅使他心态平和，视祸福宠辱如浮云去来。细察他晚年的草书，如老僧入定，行笔稳健、舒缓，任意率真。他的点画出自心的安排，字体大小参差错落，结构奇特，用笔随意而不拘成法，意态纷呈。

令人不解的是，黄山谷草书的“欹侧之势”所表现出来的险绝、跌宕，似乎与他修禅的平和舒缓相矛盾。我曾经请教过几位书家，有一种说法被认同：黄氏草书的险绝、跌宕是他心态冲突、烦恼、孤寂的表现，而行笔时的稳健、舒缓则应是他在修禅中获得的益处，难能可贵的是黄氏很好地将这对矛盾统一在笔墨之中。

壬辰冬，上海博物馆《翰墨荟萃——美国藏中国五代宋元书画珍品展》展出了黄庭坚的大草长卷《史记·廉颇蔺相如列传卷》(文中有节略。卷尾无书写纪年和史款，约书于绍圣二年1095年)。

观者如云。我猜这些山谷的粉丝，或是脾性相仿，或是情投意合。夸张长画纵伸横逸，如荡桨，如撑舟，那是气宇轩昂；主笔突出，字势欹侧，长枪大戟，是个性使然；笔锋苍劲，刚而不涩是“吾心如砥柱”的坚定从容；行笔处曲折顿挫，是对待贬谪的态度，那是宠辱不惊。

不知山谷是否想到，九百多年后，书法艺术在中华大地空前繁荣，书家们膜拜他的书迹，研究他的书论，粉丝们庆幸可以在博物馆传世藏品前，超越时空与古人对话，感受山谷道人超迈绝伦的气息风神，催发自己的创作灵感。

当然粉丝们也会感慨“入古不易”，难以登门入室。

伫立在山谷道人最长手卷前，感觉他传达的气息格调。全卷清劲圆健，纵任奔逸，用笔圆转，实乃黄庭坚1094年观狂僧怀素狂草名篇《自叙帖》后的会意之作。

一字一句地读，读到“如因而厚遇之，使归赵。赵王岂以一璧之故欺秦邪？”我被惊艳到了！

当“厚”遇上了“遇”会怎么样？

“厚”字有凝重之态，字形极小，与下方庞大的“遇”字形成鲜明的对比。“遇”字走之底写法独特，一条弧线从左至右形成半包围结构，运笔从容徐迂，行至右下方直角向上潇洒地挑出，像在翩翩起舞，不知这种写法是否山谷道人发明的。“一”字长划略斜延伸开去，似烟云之起伏。“之”字藏在“壁”字下，与他亲密地贴在一起，末笔映带的“故”字与“之”字参差揖让，顾盼生姿，着实有趣。“故欺秦”三字形成一个新的纵列，最具风采的是“邪”字，独立一列，末笔一条长曲线奔流直下，一泻千里，真是十二分的抒情哪。

山谷道人真是一位造型大师，凝神观照他的线条所构成的每一个造型，仿佛与你坐而论道，诉说内心世界的神秘幽玄。

“老夫之书，本无法也”（黄山谷《题幼安弟书后》），无法？有法？有法！无法！有法即无法，有意即无意，此

“无法”是“不择笔墨，遇纸则书，纸尽则已”那种随意自在，是融诸法而独抒胸臆的法上之法。

静静地站着，静静地看着，波澜壮阔的行笔，危松挂壁的结构，风神洒脱的意态，无不蕴涵着无限情趣。

《毛诗序》说:“言之不足故嗟叹之，嗟叹之不足故永歌之，永歌之不足，不知手之舞之足之蹈之也”。于我而言，手之舞之足之蹈之也不足以表达我此时起伏跌宕的思绪。我发现我其实是窒息了一阵子的，天地间只剩下了这幅 20 米草书长卷，还有一位“似僧有发，似俗无尘”仙风道骨的山谷道人。

回过神来，我还闻到了空气中散发着淡淡的木樨花的香味。

东坡的荷叶杯

就像行船遇到逆风，苏东坡被抛下船来。

贬黄州，又贬惠州，一直贬到儋州。据说是儋州之“儋”与子瞻之“瞻”偏旁相同，读音相近，贬到儋州，政敌章惇认为对苏子瞻来说最合适不过了。然而做苏东坡的敌人也有烦恼，就是无奈苏东坡何。

儋州是个原始蛮荒之地，“食无肉，病无药，居无室，出无友。”

啥也没有，但天上有月亮，可以月下漫步，有太阳，可以食阳光止饿。地上有椰子林，便有了新居“槟榔庵”。

结交新朋友，一只海南种的大狗“乌嘴”，一起到处游逛。忽然想到，这只叫乌嘴的狗，不知是嘴巴黑色而得名还是取谐音“无罪”哪。和当地村民闲谈，讲讲鬼故事。还可以继续和陶诗。

在黄州期间，苏轼像陶渊明那样，种豆东坡上。垦荒期间，他垦出了组诗《东坡八首》。一直以来苏东坡把渊明当作他的精神伴侣，最钦佩他的“任真”，没有比听任自然更重要的了。在惠州时，他已写成了109首和陶诗，剩下15首没有和。东坡在儋州一首首地唱和，乐此不疲。引《和陶连雨独饮》两首：

其一
平生我与尔，举意辄相然。
岂止磁石针，虽合犹有间。
此外一子由，出处同偏僊。
晚景最可惜，分飞海南天。
纠缠不吾欺，宁此忧患先。
顾引一杯酒，谁谓无往还。
寄语海北人，今日为何年。
醉里有独觉，梦中无杂言。

其二
阿堵不解醉，谁欤此颓然。
误入无功乡，掉臂嵇阮间。
饮中八仙人，与我俱得仙。
渊明岂知道，醉语忽谈天。

偶见此物真，遂超天地先。
醉醒可还酒，此觉无所还。
清风洗徂暑，连雨催丰年。
床头伯雅君，此子可与言。

诗前有序：“吾谪海南，尽卖酒器，以供衣食，独有一荷叶杯，工制美妙，留以自娱，乃和渊明《连雨独饮》。”

被抛下船的苏东坡，不知有多少爱物抛下了，唯独一只荷叶杯始终留存着。这是一只做工美妙的杯子，杯里有荷花的清香。

他曾用它来品尝美酒。在惠州品过桂酒，气味似屠苏酒，令人飘飘欲仙，用他自己的话说“飞行空中而不沉，步行水面而不溺”。在定州，他品尝过自酿的橘子酒和中山松醪酒，东坡称松醪酒“味甘余而小苦”。他甚至还发掘了自身某种潜在的特殊本领，望见酒杯就醉了，这本领他少年时就有。

倘没有酒，对诗人来说就缺少了激情和想象，无法体味到人生的深味。这一点和陶渊明一样。

陶渊明一有好酒，无夕不饮。他自言：“余闲居寡欢，兼比夜长，偶有名酒，无夕不饮，顾影独尽，忽焉复醉，既醉之后，辄题数句自娱，纸墨遂多，再词无余次，聊命故人书之，以为欢笑尔。”好酒喝下去便诗兴大发，诗中有酒，酒中有诗。东坡有诗“饮酒但饮湿”，只要称得上酒的液体，不管它味道如何，都尽情享用。但东坡饮酒甚少，这一点可以稍加证实。他说：“自今日以往，不过一爵一肉。”(《东坡志林·记三养》)东坡居士从今天起，每餐饭只喝一杯酒，只吃一个带肉的菜。儋州这个地方米很贵，有绝粮之忧。实在没啥吃的怎么办，他想好了后路，和儿子苏过一起修炼一种辟谷的方法“吸初日光咽之”(《东坡志林·辟谷说》)。

辟谷是道家流行的一种养生方式，就是不食五谷，吸风饮露。晋武帝的时候，洛阳的地下有个洞穴，深不可测。有人不小心掉到里面出不来，饥肠辘辘的。他发现洞里有不少乌龟和蛇，每天清晨抬头向着东方张望，吸取太阳刚升起来时的光芒并咽下去。此人便学着龟蛇的做法，不久他觉得不再饥饿了。辟谷的方法有上百种，也许东坡觉得此法是比较上乘的，就写下来教给苏过。

他推崇的三养，第一是说安分守己，养自己的福分；第二是说让胃里总有宽裕，可以养气；第三是说可以省下吃饭的费用来增加自己的财富。

饮酒甚少的东坡终日以把盏为乐，把玩着精美的荷叶杯，奔赴一场湖水的盛宴，漫天星光灌满了杯子，常常啜饮着大自然的甘露，颓然坐睡。

“醉里有独觉，梦中无杂言”，他的醉酒境界与陶公不一样。陶渊明酒后乘着云中仙鹤上了天，忘记物累，忘记自己，忘怀生死，由此得到了解脱，在退隐的生活中与山水合而为一。而东坡是“醉醒可还酒”，杯里醉了，心里醒着。想当年寄住在惠州嘉佑寺，那日散步到松风阁下，疲惫不堪，想在林中歇息一会，望着远处树梢后的亭檐，过了良久他对自己说:“这里有什么不能歇息的！”

是的，有什么不能歇息的！到哪里都是既来之则安之。“问汝平生功业，黄州、惠州、儋州。”这是一种超越醉醒的清醒，立足现实而达于超越。

他看荷叶杯就像看爱人，他们之间的亲密超过了磁石与磁铁的关系。尽卖酒器，只留下一只荷叶杯，此举意味着东坡已经从人生困惑与喟叹中走出，“且陶陶、乐尽天真”。

在树木中，见到表情

——“大地画家”米勒

“从来就没有一位画家像他这般，将万物所归的大地给予如此雄壮又伟大的感觉与表现。”流连于《拾穗》《播种者》《晚钟》《牧羊的少女》《持锹的男人》这些散发着浓厚自然主义气息的油画间，我想到了罗曼·罗兰的话。

恍惚中，我的灵魂高高地扬起，来到吸引了许多艺术家的巴黎近郊，巴比松森林的入口，和他们一样，“只需要十五分钟，便来到了鹰巢十字路口……那里是个令人感动的地方，那里有辉煌的木头拱门，并且有广大的绿地……”我跟随大地的画家米勒外出散步，看见了蒲公英的晕轮和太阳的光辉。

黄昏时分，在蕨草丛中看云彩，田野的暮色美得不可思议。一对日落而归的农民夫妇，和往常一样虔诚地感谢上帝，赐予他们一天劳动的报酬——两小袋马铃薯，我听见远处教堂钟楼传来了晚祷的钟声。(《晚钟》)

在雀力平原的干硬多岩土地上垦掘的年轻男子，喘着粗气疲惫地斜倚锄头。外形憔悴，双目空洞望着远方，他是想望见破晓的微光么。(《持锹的男人》)

那个身着红蓝短衫的青年农民，迈步在夕阳下苍凉的麦田里，把金色的麦粒撒播在辽阔的土地上，飞鸟在空中盘旋。倾斜的地平线和迈步的巨人，讲述着人与大自然的关系。(《播种者》)

我在巨幅油画《拾穗》前伫立。近景中是三位穿着土布衣衫，扎着红、黄、蓝头巾的农妇，麦收后的土地被太阳这颗火球炙烤着，饥饿——即将来临的冬天把穷困潦倒的农妇驱赶到此，她们正弯腰细心地拾取遗落的麦穗。米勒没有正面描绘她们的相貌、神情，但农妇的动作和躯体更富有表情。

近景的劳作与远景中硕大的麦草堆、骑马的监工、割麦草的工人、马车遥相呼应。画面上红、蓝色彩融化在丰富细腻的暖黄色调中，让人感到宁静而沉重、庄严而伤感。

诗人李天靖在观《拾穗》后写了首小诗《这是一种仪式》

她们弯身，一个比一个虔诚
拾地上的穗
拾起自己

向麦穗俯身
直不起的腰眼，向生长
向上苍、向埋葬她们
的大地俯身

穿过巉岩般的黑夜
寒春残雪，一粒麦子的
米勒啊，打开我们
痛的光量

一穗穗
秀出大地的金黄

在大地面前，人们虔诚地低下他们的头。在诗人笔下，现实的形象无疑具有了象征的意义，让人心生敬意。

我想起《圣经旧约》的《利未记》:“在你们的地收割庄稼，不可割尽田角，也不可拾取所遗留的，要留给田园和寄居的。”米勒从《圣经》中寻找题材和灵感缘于他的宗教情结。他笔下的劳动者把受苦受难视为自然法则，他们不关心政治，也从没有改变社会的要求，只是在自己的家园默默地耕耘，米勒把田园的真实面带到了大众面前。

然而，他所描绘的拾穗者等法国农民的形象，具有令沙龙的上流社会人士不快的现实意义，批评家甚至指控米勒刻意把焦点放在乡间生活的惨无人道上。在那个年代，学院派的画家们认为法国美术是贵族的专利品，而米勒笔下沉默的大多数无疑使他成为了异端。他的画遭到了苛评。尽管如此，米勒主张艺术的使命是传播爱，而不是煽起仇恨。米勒在给朋友的一封信中说："我希望的是人们在进行劳动，具有安静、朴素和善良的感情。"

我看过米勒画的一些草图，用黑炭笔、粉彩画笔、铅笔、蜡笔，真实地再现了除草、接木、劈柴、筛谷、犁地、施肥、造酒桶、纺织等普通的劳作情景。"我生来是一个农民，我愿意到死也是一个农民。我要描绘我所感受的东西。"(《名人轶事录》)画家的艺术世界里，有我们失落的某种东西。

《拾穗》《晚钟》这些现实主义绘画的杰作，以其田园的真实景致所烘托出人的形象与尊严，超越了一般的对田园美景的歌颂，表现了人与土地，人与生存的关系。米勒这个"大地画家"让我"在树木中，见到表情，甚至见到心灵"（引梵高语）。

女神维纳斯

巴黎卢浮宫。我在展厅间徘徊，感觉一步就能跨越漫长的世纪。无论什么范围、什么形式的艺术都可能承载在雕塑中，达成平衡的奇迹和创造的满足，它始终如一地指向精神，激发情感、衍生和设想。

卢浮宫“镇宫三宝”之一“米洛斯的维纳斯”，又称“米洛斯的阿佛洛狄忒”。公元前 130–100 年，大理石雕，高 204 厘米。相传是古希腊艺人雕刻的。在希腊神话中，阿佛洛狄忒是爱与美的女神，罗马神话中称维纳斯。她掌管人类爱情、婚姻、生育以至一切动植物的生长繁殖。生于海中，以美丽著称。其雕像于 1820 年发现于希腊米洛斯岛，为半裸全身像，巴黎卢浮宫博物馆 1821 年收藏。

椭圆脸蛋、轻波纹样的发髻，直鼻、平额，弧眉下圆睁的双眼，没有娇羞没有造作没有欲望没有一丝杂念，宁静脱俗的神情愈发衬出维纳斯的端庄典雅。

女神后背曲线柔和优美，身体形成一条极其雅致的s形曲线，半透明的白云石映衬出了肌肤丰腴的质感。我轻轻地触摸了一下，女神刚从海浪中走出，轻柔似水、洁白如玉。她的衣衫滑落至髋部，恰到好处地遮蔽下体，富有表现力的衣褶下露出了可爱的脚趾。这些精致的刻画，令人想起公元前四世纪古希腊著名雕塑家帕西特的风格。尽管雕像彩绘及原本戴有的金属佩饰消失殆尽，但无论从哪个角度欣赏，女神都调和着青春、美和生命的光彩。

不同肤色不同国籍的游人，来了又去了。她静静地伫立在宽广的场地上，从容，淡定，似乎与喧嚣的都市隔绝。那种超越典雅之美，超然于物外之感，成就了维纳斯特有的高贵与含蓄，这在其他古希腊裸体女雕像身上是无从寻觅的，难怪德国作家亨利埃纳称她“最漂亮的女人”。

我的视线长时间停留在维纳斯残断的双臂上，关于断臂之谜，至今尚未找到学术界的任何可靠说法，由此引发的多种复原方案，我相信最后都不能产生超越“丧失”的美感。维纳斯的双臂去了何方，其实不重要，想想雕塑大师罗丹，在砍去作品“巴尔扎克”的手臂后才获得了他的美的感受和创造。断臂是遗憾的，是不完整的缺陷，这不完整，打破了完美的雷同模式，给我们留下自由想象的艺术美感，达到了欣赏时的写意境界。日本作家清冈卓行说维纳斯“为了如此秀丽迷人，必须失去双臂”。我明白，失去的双臂中包孕着不尽梦幻的美学价值。

联想到一则轶闻：德国诗人海涅1848年旅居巴黎时，不幸病重，他历尽辛苦拖曳着脚步前往卢浮宫，向人类的美与爱之神维纳斯告别，当他匍匐在她脚下失声痛哭时，这位女神也同情地俯视着他，又显出无可奈何的样子，好像要对他说：“你没瞧见，我没有手臂呀，因此对你是爱莫能助的！”这句话让迷途的海涅犹如遇到了一刹那的电光，从中顿悟，获得了极大的满足。

维纳斯就像是落入凡间的天使，医治受伤的心灵，在我眼中，她已经不是一尊雕像了，而是具有了内在的生命活力和美好的灵魂，在她的身上有着人性的光辉！我这次徘徊于巴黎卢浮宫，看到了她的意味和人性的光辉折射出美的内涵。我的思想沉下去了。

圣经里说，没有一个人是完全的人。生命总有缺憾，也许生命中，留有一片残缺的风景，你才会发现人生饱满的另一面。历史总有残缺，如何面对历史的残缺？不由想到，那些古建筑的残垣断壁是否需要重建，博物馆里碎成几片的陶罐是否需要拼接……却始终是一个没有解决好的大课题。

插花亦修心

她将简单的几枝插入瓶中，高低错落着，便是一番别致的风景。在中华艺术宫，禾莯正为全国第三届册页书法展精心布置中式插花，感受着中式插花的人文、自然、意境之美，我听见了花的呼吸，看见植物自然生长的样子。

中式插花是以中国悠久的插花历史为根基，与西洋、欧式插花有区别，作为花道讲师在展陈中融入了怎样的设计理念？“配合此次册页书法展，从插花的空间和书法的结构二者之间相通之处作为设计理念。书法中的点、线，用笔是关键。在插花中，作品的创作重点突出点、线两方面，尤其是线条，是插花作品的骨架”，禾莯一边向我作着介绍，手中的活也一刻不停，她在反复调整每根枝条每朵花的位置，变换着角度，差一点点会不一样，短两厘米会有区别。她脚下有一堆花材，我叫得出名的没几种。

鹤望兰、雪柳花、十大功劳、长寿果、伯利恒之星、菠萝花……今天我有眼福了。

一件松、菊组合的作品，挺拔高大，几根遒劲的枝条横逸斜出如云雾缭绕，让人想到黄山小景。禾莯告诉我，因为当天现场的整个空间非常大，如果都只有柔美的线条，会缺乏力量感。所以她选用苍劲的松、迎风斗霜的菊和弯曲的老干。她在创作时讲究线条感，用线条来勾勒上下呼应。花枝插置的布局高低错落，俯仰呼应，疏密聚散，有人看出来那个作品的线条整体来看很像我们古代的一个草书“马”字。

中国书画讲究“留白”，会看的人知道，留白的地方也是景呢。明代袁宏道在其《瓶史·宜称》中有“插花不可太繁，亦不可太瘦，多不过二种、三种，高低疏密如画苑布置方妙”。以“多多许，不如少少许”为原则，留出呼吸的空间，禅意就在最简单的留白中酝酿。“多多许，不如少少许”讲的是取舍，由此想到人要学会做减法。我们的生命不是要拥有很多，是要有一个好的状态。

我环顾整个的空间布置，“玉兰迎宾”“文人茶室”，“书房小景”，大到整体风格搭配与协调，小到花的摆放、花材的选择都有讲究。古代文人插花讲究与诗、书、画的结合，强调花材的象征意义，并常用花材的寓意和谐音来表达作品的主题。现在是冬天，腊梅绽开，所以屏风这边她选择插放了一株含苞待放的腊梅枝，和松、菊小品来应景。在插作书房小景时，禾莯最后选用一根枯枝代替了松枝。感觉那个枯枝已经死掉了，松是重新长出来的，再配上菊高雅傲霜的格调，“老干发新枝”很能代表我们的传统文化、文人的傲骨。在整个的枯枝当中，让花绽放出一点点，当是“枯木逢春”的意蕴表达。

在空间中做花艺布置，空间是主体，花艺造型为灵魂。除了美感以外，更多的是要用设计出来的造型去表现那个空间，去提升空间的美。现场的插花作品多用了心象式、写景式、谐音式插花，各有意态，如花在野。心象花追求对个人思想感情的表达，或以花明志或借花消愁，心里怎么想的，哪怕一枝一花一叶，也一样可以表现当下的状态心境。

现场我还看到了插花、册页、点茶和燃香的“生活四艺”。观众可以在传统与现代交融的独特气质空间里观看册页书法展览，品味中国插花之趣味，感受古人的典雅生活。

禾莯有句话说得好：“插花是跟自己打交道的过程，也是跟别人打交道的过程。”从一花一叶中感悟宇宙天地，打开生命与生命的链接，找到一种与自己、与他人相处最舒服的方式。这其实也是修心的过程。

比一片云更轻或更重

我必须穿越空虚

一

总觉得用“帅”来形容诗人李笠并非妥帖，我认定他是个外热内冷的人。这种冷是一种清醒，不知这种清醒跟瑞士漫长的冬季是否有关。清醒而大多数时候显得忧郁。水瓶座男人嘛。

他拍照从来不笑，严肃地望着你，有些冷，带点不羁，在看你又不在看你，那眼神又是极清醒地望向更远的地方。在别人朗诵诗歌时，他那双探索的眼会闭着，处于冥想状态。他不高兴的时候不说话，沉默。

“昨天我写《美的召唤》的那首诗，你点了个表情符，是不是不太喜欢？”他说话喜欢单刀直入。“没有啊，我觉得很有意思！由晾晒的红色乳罩起笔，‘一抹杏花的艳'‘我凝视：一副乳罩！'‘它在空中'”……一个生活中人们熟视无睹的场景，你却捕捉住了，‘它高出相互依偎忍着空虚的衣裤'‘它在超越着什么'，观察角度可谓独特，只有您会这么写。”

李笠前几天在南浔，拍摄了一组南浔印象，发现了这幅画面——“晾晒的红色乳罩”，他拍它是因为它可以传达他的内心。假如挂个灯笼，他看都不要看，那是俗。假如挂面旗帜，他更不会看，那是假大空。诗歌不是这个东西。其实这首诗是对诗歌语言的说法、感受，怎么给它观照，照亮它，发现它，并非有点小色情什么的。

从安吉的“三月三诗会”走来，这位行走瑞典、北欧，回到中国的诗人，带点兴奋地说：“哦，竹林里边有洋房，太牛逼了！我在余村转了一圈感觉很穿越！”

在他的印象中，安吉还是传统民居，没料到那么好看、洋气，具现代气息。“哎呀，住在洋房里边，抽着雪茄，喝着酒，可以游泳，然后读着中国的唐诗，突然发现这种惬意的生活就是我要的！”有一位北京来的专家，大谈东方主义、欧洲主义，他说要建造自己的东西，回归传统。李笠认为，住怎样的楼房以人的舒适度为前提，“中国式”并非最重要。对整个人类来说，任何好东西都是可以分享、借鉴的，只有多元文化的社会才值得生活。

这次安吉之行也引发了他对现代性的思考：“现代性关

键的是个人性，而中国恰恰缺少个人主义，缺少个人性。”

二

作为移民诗人，李笠在瑞典生活了25年，特定的地域、经历、境遇成为他的一个创作源泉。他诗歌中有不少在异乡流亡生活的反抗与融入，写出了对生存对生命的思考。《雪的自白》(节选)：

我向等待雪橇犁出伤痕的大地坠落
我
抖颤，摇摆
翻
滚
旋
转
我必须穿越空虚
才能进入另一个世界
另一个世界是个喧嚣的世界
“飘落吧，飘落，你才能和大地结合！”
伤口喊叫

我循着他的脚印，“必须经历雪暴”的“蹒跚前行”，摔倒又站起，感受到诗人直面现实生活的荒谬、悖论、压抑、恐惧、无助……游走在诗人的精神空间和诗歌空间，关注人类的种种处境。

作为一个外来者，一个“移民作家”，李笠说是在做一种精神冒险，会因语言障碍把一首本该写得一流的诗，写成二流。始终感觉到自己在薄冰上行走，总在担忧、纠结，甚至不自信，因为完全置身在一个陌生的文化语境里。《雪的供词》（作家出版社出版,2016）是一个见证，它记录了1988—2010这20多年来李笠漂泊异国的生活经验和内心经历，这些诗探讨的主题是漂泊的一些题材，如身份，孤独，乡愁，文化冲突等。供词是指受审者口头或书面交待的内容，是逼打的产物，也是一个诗人对自己生命的拷问。

“是时间在拷问我，时间问：李笠，你是怎么活到今天的？我要向世界说出一些东西来，包括一些非常隐秘的或见不得人的东西。一些从道德上说不太好的东西，比如《爱与水》这一卷里《偷情》。”

我想到《偷情》里的句子：“在塑造黑洞时，我发现了手！”“他的陶罐列成一排孕妇的肚子”，写一个禁欲主义的陶艺人，他的渴望与痛苦。我说：“您把不可言说的给说了。”他大笑：“对，诗歌就是写不可言说的东西！”继而又有些得意:“《偷情》这首诗高邈，里面其实有很多层意思。”真正的诗人应该写自己的经验，李笠认为诗歌应该有一些尖锐的反叛的反动的东西。诗，说到底，是对现实的反抗。

当今中国诗人里面像他这样能熟练地用两种语言写诗的人极少。在他的一些诗歌里，可以看到中国传统文化和西方文化对他创作的影响。“李笠的诗歌具有比本土诗人更强的‘中国性’。他以一个国际化的视野来看当下中国的世道人心。他的诗具有光一样的启蒙精神，从生活现场的叙述到诗歌的现代性结构，以及语言的滚烫性、情感的真实性、现场的鲜活性，无不显示了一个国际诗人强大的批判性。”诗人、批评家周瑟瑟如是说。

千夜有个微信平台“诗的荷尔蒙”，李笠曾给她一组诗——《十三首禁诗》，这十三首诗本收在《回家》的诗集里，因各种原因被删了。千夜把它们整理发表在“诗的荷尔蒙”上。《十三首禁诗》的题目是《柿子树上的喜鹊》《母亲的家乡》《橘子洲头》《在明城墙上》《朝天门》《望京》《破与在——读<春望>》《重复的梦》《2014年的圣诞肖邦》《十月即景》《飞机坠毁之后》等。

游子诗人郑愁予

“台湾三驾马车”之一郑愁予——一位穿西装、戴黑色贝雷帽和墨镜的老诗人。老先生戴的帽子是为了纪念台湾现代诗开山鼻祖纪弦，郑愁予曾感慨地说无人能超越。

郑愁予极爱《九歌》，因为《九歌》在《楚辞》里是最容易了解和接受的部分，音乐性很强，而意象非常的丰富，特别是要纪念湘水之神，里面最动人的句子是“目渺渺兮愁予”。又，宋词中辛弃疾有“江晚正愁余，山间闻鹧鸪”，郑愁予觉得最适合做自己的笔名了。他说诗人就像天上的星辰，许多的星座在那里，每个人都有一个名字，明明暗暗的。我喜欢他的说法。

马蹄达达，踏响江南的春天。2016 年春，这颗中国新诗天空中神秘而明亮的星，在台湾两岸桂冠诗人颜艾琳的陪同下，一路下江南。第一站在纯真年代书吧，4 月 22 日来到上海。中午，几位诗人在“小桥流水”为愁予先生接风，聚餐的有严力、李笠、李天靖、海岸、许德民、小鱼儿、肖水、千夜等人 。我带了一瓶人头马洋酒，诗人们无酒不欢。耄耋之年的郑愁予虽一路风尘仆仆，精神却不错，放下行囊，半杯酒后，这位郑成功的第 11 代孙，谈起了诗坛往事、自我身世与经验。席间，颜艾琳特别能喝，特别能讲笑话，也特别爱掉眼泪。颜艾琳说此次大陆行有十五场左右的活动，有讲座、对谈、诗歌明信片首发式等，可谓高密度、高强度。

晚上，在上海图书馆地铁站的季风书园举办了“郑愁予诗歌品读会”。这家 1997 年创立的曾经作为文化地标的实体书店，对纸书的坚守与传承，承载了许多情怀。那天小礼堂来了很多爱诗的人，季风的志愿者列队朗诵了《错误》。这首于 1954 年、郑愁予 21 岁时写下的诗,60 多年来一直用“达达的马蹄”敲打着华语读者的心。读者饶有兴致地聆听了他的创作故事与心得，手捧《郑愁予的诗——不惑年代选集》，排起了长队请大诗人签名。2016 年 10 月 15 日，上海张江当代艺术馆举办诗歌艺术邀请展，郑愁予作为特邀嘉宾来沪。全国各省的一百余位优秀诗人，用艺术展览的形式呈现诗歌、图像、文字、声音的结合。

在展览现场，我陪同他和颜艾琳兜了一圈，问起对这些诗歌的看法，郑愁予很坦率地说了句:“很多都是在造句。”后来他在千夜的《为了一份黑椒牛柳饭》前站定，给予了极大的肯定与赞赏。他点评了千夜的诗歌：“这种情景不需要真的有故事。诗里头许多人是诗的一部分，都是意象。从门神发展出来先是哨兵、大将军、礼仪小姐、站街的妓女，都是站在那儿的，这之后脱离了门神，所以说千夜的诗有很好的层次。最妙的‘一半身子埋进土里的守墓人/天安门上的一枚快要掉了漆的像章’这两句整个是对生命的一种透视了。最后又回到开头，从头到尾是贯穿起来的。”颜艾琳则称“千夜将来可能是第二个翟永明”，当即取下了自己手上的一枚银戒指赠与千夜。艾琳从包里找出一根手链给我，咖啡色的编制绳上系着佛像，有铃声，是她亲手制作的。

那天千夜戴了一顶与老先生一样的黑色贝雷帽，一老一少合影，郑愁予笑得很开心。

我和千夜陪同愁予先生坐在外面的石凳上，馆内热闹非凡，正进行颁奖仪式，先生却更愿意待在外面。石凳凉凉的，我用随身携带的报纸铺了一层。郑愁予翻阅起鹤鸣诗社的小诗册，“鹤鸣诗社”是千夜大一时创办的，有成员十多名。看着这些孩子的笔名，他感叹道：千夜、子与、未央，这是一个时间的序列哪。

我想起他的《偈》：“不再流浪了，我不愿做空间的歌者，宁愿是时间的石人。然而，我又是宇宙的游子，地球你不需留我。这土地我一方来，将八方离去。”愁予先生说晚年远游，把故乡装在背包里。

游子诗人总在诗歌中寻故乡，《偈》被谱曲演唱。他的现代诗被谱曲传唱的还有《雨丝》《情妇》《错误》等，罗大佑唱了郑愁予的《错误》。

关于《错误》，有人说，这首诗写爱情。郑愁予却说，爱情没有这首诗重要。因为闺怨的爱情是所有爱情中层次最高的，它不是个人喜爱那种卿卿我我，它包括人类的命运，是民族的激情产生的。

郑愁予像讲笑话一样描述：“有位导演先生带了一队人马到我的住处拍片子，在金门开拍，在美国杀青的。毛片出来，第一个镜头是什么？一个妇女坐在那里，挺着个大肚子，手里拿着一本书在阅读，看的正是《错误》这首诗。导演把《错误》当成主题来表现了！他会错意了，我看了开头呀后头就不要看了。影片取个名字叫《如雾起时》，看不清真相……不过，音乐人诠释我这首诗谱写的歌多半很好听。若写传记，就要理解一个诗人的情怀。”

说到诗人的情怀，我想起郑愁予《宇宙的花瓶》：“他是诗人中的龙，龙中的圣，他是水的捕捉者，他是大情人，他是一切，他非常复杂……然而，他又简单得只是一株幽兰，却足以绽放整条江流的华夏文明。”郑愁予赞赏屈原，说屈原是有性灵的人，有着大爱情怀。他呼唤："性灵要回来"。

灵是什么？人和大自然交流的能量。诗人的心是相通的，他的诗作也是他与宇宙万物的一种缘。世间一切皆诗，自性灵者为真。

从凉凉的石凳上起身，我提起他的行囊，感觉沉沉的，里头装着音乐、红酒、诗人赠书、救命的保心丸，装着海、山、天空和宇宙、他的目遇之色。诗人的性灵，一阵呼啸的灵魂雨，背上它，感觉背上了整个的世界。

万伦柯的绝活

一

窗外，风瑟瑟。屋内，伴着 1984bookstore 咖啡的香，万伦柯（Francois J.V. Valentiny）谈起了雕塑、绘画、他在中国的经历，从少年时代到 60 岁后的自己……一只慵懒的胖猫咪穿行而过，带倒了花瓶，万伦柯微笑着扶起一束花，胖猫咪已不知去向。

这束花影，幻化成万伦柯家乡芳草丛生的花园、广袤的葡萄园、风景壮丽的摩泽尔河谷……

很美，很安静。青山、绿水、各种中世纪城堡，在大片的葡萄园映衬下，正是油画中的场景。闲来万伦柯阅读、品酒、抽烟，静静地观赏植物。或是闲庭信步，或是一口气走上五公里，午休后拿起铁锹铲一堆砾石，走路与劳动都使他身心畅快。

万伦柯有一手绝活，当他有想法有创意时会很快地用黏土捏出一个雕塑，用雕塑来阐述思想，丰富建筑方案的灵感。他的雕塑都是利用天然材质、废弃的建筑材料精心制作的，有时最后出来的不一定是最初想像的，那有什么关系呢！灵感就像家乡生活空间里那一池春草繁生的水。

一棵命名为 artificial tree“艺术人造树”的雕塑伫立在卢森堡 DALHEIM。这地方是古罗马时期的一个城镇，有一块古罗马时期鹰的纪念碑。这座雕塑大小比例跟它差不多，11 米左右，放置在跟纪念碑对称的另一边。遥遥相对的鹰与树，见证城镇的历史沧桑，驻留了古镇的一段时光。

万伦柯把树抽象成四根枝桠的形式，朴拙又可爱。考特钢的棕红色是大自然的颜色，阴暗多云的日子呈现出暗淡的红，更多的时候它被明净的天空、绿色的森林或蓝色的水涂绘。雕塑是一个更真实的世界，它使现实生活的空间变得有形，如轻风拂过。

二

一个圆座上长着四个触角的雕塑，触角向着不同方向伸展，伸向有云彩的天空，似乎要从广袤的宇宙汲取某种能量。万伦柯给我讲述了一个古老传说《参孙与达丽拉》。

参孙是勇猛的希伯来英雄，但在腓力斯美女达丽拉的魅惑下被套取了神力的秘密，秘密来自上帝赐予他的一缕头发。达丽拉便趁参孙熟睡之时，剪去了参孙赋有魔法的头发，参孙身陷牢笼受尽折磨，后来在神庙中参孙向上帝忏悔，恢复神力后使神庙崩塌。万伦柯为《参孙与达丽拉》这部大歌剧做过两个舞台设计，在古罗马时期的剧院里，所有舞台设计元素都是根据故事来设计，同时满足古罗马剧场的要求。

舞台布景中伸出的长长短短触角，让人宛如置身于历史情境，参孙与达丽拉就在这充斥魔幻、神秘的世界中演绎着忠诚与背叛交织的悲情故事。触角长在歌剧演员的头上，有独个的，也有任性地长了五个的。它们静默着，在沉默中爆发，它们呼喊着，是个体生命力的宣泄。

这样的触角，我在万伦柯的花园里见过。它是怒展着的树枝，不失傲然之气；是森林中的鹿，恐惧不安地晃动它枝枝丫丫的角；是梵高画笔下跳动的一簇簇红色火苗。

“让平凡的东西变得特别是我的追求。”万伦柯说。他的作品不是概念性的，都是基于非常自由的创造和想像。迄今为止，他已经捐赠了四千余件雕塑作品 ，陈列在万伦柯基金会。设计天马行空，化平凡为特别，化腐朽为神奇。如同他的建筑作品充满表现力和想像力，这些雕塑既原始又现代，充满张力和灵气。

一根木头，一块石头，一片钢材，木头的肌理效果，石头粗糙的表面，钢材的锈迹斑斑。他痴迷于大自然的鬼斧神工，他要唤醒它们，他把材料的个性和自己的个性相结合，做出一个个独一无二的作品。

他没有特别的价值取向。他喜欢上世纪的雕塑，比如奥地利雕塑大师哈尔费雷德 Alfred hrdlicka 的石雕作品，粗犷而有力量，人物画抽象、变形，凌乱中带着性感。所谓观念性、前卫性，何谓俗、雅，万伦柯头脑中并没有这个概念。他觉得所有的艺术，只要你的感官，嗅觉、听觉包括触觉，感觉到好的就是好的东西。

三

那件有豁口的雕塑，青绿的不均匀的颜色，在万伦柯眼中是美的；褪色的金属，混凝土上生长的苔类，粉碎的石膏，自然的一切即便残缺，都是美的。

他接受自己创造的所有东西，因为它们是他生命的一部分，是“纯粹的精神创作”。

我的视线落到了一个类似烟囱的雕塑上，万伦柯善于从其他艺术门类汲取营养。他喜爱歌剧，又是狂热的音乐迷，在他的很多作品里，我都能找到一种音乐感。德国哲学家叔本华说过:“一切艺术都希望达到音乐的状态。”建筑、雕塑是凝固的音乐。这件烟囱造型的雕塑上方有着三根呈 S 形的曲线，似乎通过一种舒缓的节奏把人带进内心世界中去。

这些雕塑的颜色大部分是明快的，在我看来，绚丽的色彩并非一种单调的涂层，而是像不断发生的事件出现在它们的表面，正如赫 & 万工作室的红色。

在抑郁中放歌

一

曾经看到天靖去追一辆出租车，在风中奔跑的样子让我吃惊，跑得飞快，头发都在风中飘了起来。那一刻我想到“狂狷疾走”四个字，他写过《青藤书屋》“青藤老去，四百余年仍在一长卷宣纸上 / 狂狷疾走 / 簌簌有声”，狂狷疾走可以说是李天靖的精神写照。他的狂狷不是他的外表，而是一种铮铮傲骨，他有自己的“有所不为”。

诗人李天靖有着很深的“抑郁”。他曾写过一首诗《你成为你诗歌的猎物》，也出过以该诗命名的诗集。他的“抑郁”，于此诗可见一斑。

必须忍受

从林中被自己射杀
倒在血泊中
掉入自设的陷阱
或被罟网捕获，成为濒危
的困兽，义无反顾
……

那个时代，他深受家庭出身的压力。其父毕业于南京中央大学中文系，一介文人，脾气耿直，很有才华。曾任国民党某纪委要职，后营救过多名中共高官，虽免予起诉，但已对孩子构成一种伤害。

高中毕业后，李天靖去了一个闭塞的农场，种地、打大窑、造大楼，有时兼做小工;“文革”那个荒诞的年代，因和几个文学青年在雷雨之夜，去大堤观看江流的奔腾之美，被怀疑开“反革命黑会”，一查就是十年。直至“四人帮”被粉碎的那天，他在旷野想长啸一声，喉咙却嘶哑得发不出声音。从此他沙哑的喉咙，成了醒目的标识。

他在崇明岛当过教师、教导主任、副校长，主管教学十余年。辞职回到上海后，在一家杂志社打工，“打工是把自己烧红，放在铁砧上，砸掉所有矫情的渣，捶打成闪光的金箔”。多年后，他进了华师大中文系，做了正式编辑。

他不愿意多谈过去，回忆如同梦魇。所著《你成为你诗歌的猎物》有篇后记，题目是《一次次，挣扎着爬起》。

于他，诗歌是体内熬制的药，但它可以治愈心灵。

李天靖的第一首诗《一个布袋》，布袋里装的是骨灰，他父亲的。父亲去世时他不在身边，一个月后他捧着布袋："真不敢打开看哪，隔着布摸一摸，布袋里发出咯咯的响，那年是1994年。不由想起父亲早年给我讲韩愈的《祭十二郎文》，其情景历历在目。我父亲是身患肺病大咯血而死的。"

二

李天靖的诗是从根部生长出来的。诗人、翻译家王家新赞誉他的诗有"自身的内核和血质"，"力度和锋芒"。"所经历的一切赋予了痛感，也赋予了一种要呼喊、要燃烧的生命挣扎之力。"他把王家新引为知己，认为很懂他，因为他们曾经的处境是一样的跌宕。

李天靖写了很多悼亡诗，《哭镜中——悼张枣》《青青草的手——悼诗人黎焕颐》《一次猝然的邂逅——悼刘苇兼怀诗人张枣》《你远行——悼诗友杨宏声先生》《不忍听——悼诗人、诗评家陈超先生》等给我留下很深的印象。王乙宴的《一千年一万年》入选了他编的《波涛下的花园》，王乙宴去世后他又写了首悼亡诗《窒息》。天靖，一个重情的人。他说，李小雨曾经编发他的诗《秋瑾故居》《沈园》等，还给他写了勉励的信。她已仙逝，为她又一哭。

“诗人在冥冥中只为一个人写诗，一个人对一首诗的喜爱像是一种宿命。”李天靖在诗集《秘密》中吐露了心声，他把每一次邂逅当作“艳遇”。从 1994 年至今，李天靖已出版个人诗集三本，选本十一本，以及随笔、评论、访谈集。几乎每年都有选本问世。

狂狷是一种本真。写诗他“狂狷疾走”，做选本、写诗评他“狂狷疾走”。首届上海国际诗歌节“诗歌之夜”活动，台上诗人们在朗诵，台下的他在“疾走”，借着灯光记录，那情景很是感人。

我曾经问他，写了几十年的诗，写诗追求什么，诗歌的道是什么？他谈起爱因斯坦临终的说法让他惊讶。爱因斯坦说这宇宙除了精神没有物质，宇宙里有恒星、星云、星际等。“科学家怎么说宇宙没有物质呢。我想了想是对的。太阳系里所有行星等天体绕着地球转，是引力，是爱，是精神的东西。还有原子，电子围绕着原子核高速旋转，异性相吸。人类男女之情，老是把你放在心里，这不是爱是什么。诗歌的道，就是人世间、宇宙之间的爱，这是我的理解。”

中国有句古话“以天地立心”，这心是精神。它是一种

“初心”，“初心”是孩子的心，它没有被观念所污染、覆盖，它的每句话都是——诗。

李天靖有着诗人的情怀，诗人的纯粹。著名诗人白桦有一首264行的叙事诗《从秋瑾到林昭》，写了十年。李天靖称白桦是“诗人中的诗人”！他写下了诗评《还林昭以美丽》，文中的发问令人振聋发聩：真正的诗人应承担什么，歌哭什么，一生追求什么？

三

李笠说天靖是诗歌的“圣徒”，王家新则说他堪称“诗歌义工”。在我眼中他是一名侠士，有侠的古道热肠，重信义。有侠的重德操，不随便说人长短，不夸耀自己的才能，当然也不乏侠的浪漫激情。我读他的诗评，他从不讲别人的不好，这是为什么？

“诗人的不足由上帝来说吧！”他说。

我发现他有一种特异功能，能走进某些类型的心灵。臧棣的诗以语言“晦涩难懂”著称，一般人看不懂他的诗，天靖说，当然能看懂，我编了那么多诗歌选本，每首诗都看得懂，看不懂也要看懂它！

他是诗评家，他其实不屑于谈自己的诗评，更愿意自己是一个诗人。“诗是诗人的利器”，他说。我喜欢他的《乌衣巷》《烟花》《青衣》，抒写对时间、人生的思考和追问，意象新奇，画面繁复，注重对语言的锤炼。他的诗有痛感。

他由诗而魔，由魔而禅。为做中国现代禅诗选，他开始研究佛学，研读了《坛经》《心经》《金刚经》《维摩诘经》《楞严经》《圆觉经》《净土诸经》等，通读了关于禅宗的一些书籍。在他的小书房里，相关的经书、典籍从地上堆起足有一人多高。

禅诗这个选题，几无人问津，作为现代的一个选本，从“五四”以来的禅诗中选，甄选的过程颇为艰难。洛夫先生多年来曾有意编一部禅诗选集，见李天靖已捷足先登，便“乐观其成”并欣然为之作序。

天靖告诉我，佛法即心法，诗学也是用诗心去观照万物的变化，所以这两者的打通，便是了解一切禅，乃至禅诗的钥匙。“无所住而生其心”，不要把世间万物放在心上，“无所住”，这颗心才自由，写诗才自由。

不泯的诗心劫后逢生

在英国诺兰兄弟的经典电影《星际穿越》里，当飞船升空时，有个身材高大的男人诵读英国诗人狄兰·托马斯的诗“Do Not Go Gentle into That Good Night”(不要温顺地走进那个良宵)。这首诗在西方妇孺皆知；甚至，有人因崇拜诗人将自己的姓改成“Dylan”,2016年荣获诺贝尔文学奖的美国诗歌音乐唱作人鲍勃·迪伦(Bob Dylan,1941-)本名叫做Robert Allen Zimmerman。“Dylan”，如今一般译为“迪伦”，但因老一辈翻译大家王佐良、巫宁坤先生最初的译名“狄兰·托马斯”深入人心，诗人、翻译家海岸也不想随意修改。

海岸从20世纪80年代开始翻译《狄兰·托马斯诗选》，至今断断续续修订了30多年，已出版《狄兰·托马斯诗选》(河北教育社,2002)、《狄兰·托马斯诗选》(外研社双语版，2014）、《不要温顺地走进那个良宵——狄兰·托马斯诗选》（人文社，2015）。据说明年春天华师大出版社将出版狄兰·托马斯评析本《时光，像一座奔跑的坟墓》（2020）。

为什么他多年来致力于修订《狄兰·托马斯诗选》？为何对一个外国诗人作品如此执拗地热爱？海岸一开口就让人吃了一惊，他说自己的主业不是做诗歌翻译的，他是做辞典编纂的，目前在编纂《英汉医学辞典》（第4版），追溯西医在中国的发展史，也是一部英汉医学辞书的编写史。

有一位飞白先生，父亲是湖畔派诗人汪静之。我喜欢飞白这个名，让我想到“飞白书”的魅力。汪静之被朱自清称作真正专心致志作情诗的人，“专心”就让人格外喜欢了。飞白是海岸在诗歌翻译上的启蒙老师，飞白的“风格译”对海岸影响很大，即译者自己的写作风格最好能够贴近原作者的风格，如此翻译的成功率会大大提高。如果一个译者将好几个诗人译成同一种风格，那就不免令人怀疑其准确性。因此在海岸的诗歌翻译生涯中，他专注于狄兰·托马斯（还有贝克特）的作品，他的最新译本力求在狄兰·托马斯诗歌音韵节律的表现上有所突破。

狄兰·托马斯关心词语命名或描述行动时在耳朵里构成的声音形态，关心词语投射到双眼时的音色。也许正是这一点吸引到了唱作人鲍勃·迪伦。我看了狄兰·托马斯的

BBC 读诗影像，年轻帅气，声音富有磁性，他的诵读接近于诵唱。千夜说狄兰·托马斯的诗就像一件华丽的礼袍，他的修辞、声音、节奏都会给人应接不暇的感觉。

“不要温顺地走进那个良宵，老年在日暮之时应当燃烧与咆哮；怒斥，怒斥光明的消亡。”这是诗人写给病重父亲的诗。“良宵”体现出狄兰·托马斯“进程诗学”的核心，即生死相融、生死转化的自然观。难怪 2014 年英国诺兰兄弟联袂编剧 / 导演的电影《星际穿越》一再选用这首诗的画外音烘托影片的主题。

“怒斥，怒斥光明的消亡”，要以愤怒来回应光阴的消逝，以生之激情和勇气与死亡抗争，也鼓励或启迪人们不要放弃与命运的抗争，只有体会到“怒斥，怒斥光明的消亡”之后，一个人才能从容地走向生命的终点。海岸说狄兰·托马斯的这首诗并非写给即将辞世父亲的悼词，而是提醒活着的人们，人终有一死，却要借此了解人生的意义。海岸当年在完成学业之余译出狄兰·托马斯八十九首《诗集》（1934–1952）第一稿。后来两次濒临死亡，也正是从其生死主题的诗篇中汲取了力量。

诗歌是他生命的灵芝草，写诗是诗人所选择的一种治愈之路。他多年来坚持不懈地修改《狄兰·托马斯诗选》与《贝克特诗集》两部译稿，原来是另有隐情的，也是一种疗伤方法。

2015年海岸应约向上海图书馆中国文化名人手稿馆捐赠了80–90年代诗歌翻译手稿，以及《挽歌》创作手稿。《挽歌》系海岸于1991–2016创作的一部疗伤长诗。我读过《挽歌》，感性和智性相结合，他的《十二月的冬天》《我从疾病的囚笼中涌现》《复活》等诗写出了对生命深刻的体悟。

海岸说，我的诗行在设法揉碎自己，碎裂成一片片美丽的废墟。词语破碎处，无物存在，不泯的诗心劫后逢生。

用最黑暗的方法头也不回

一

2015年11月13日，巴黎发生恐怖袭击案。当时严力正参加一个诗会，有人问，像这种时候，诗人能做什么？严力沉吟片刻，写下了《诗人何为》：

2015年11月13日
巴黎出事了
警察和军人在搜捕恐怖分子
有人问
这时候诗人何为
诗人是自己的警察
每天搜捕体内的恐怖分子

更不会把他们释放出来
如果这种功能的软件
能流行人体世界
那么
出事的不会是巴黎
也不会是地球

“在这首诗里我强调人的修养，要用修养用价值观来克制体内动物性的东西，把克制变成一种习惯。”严力说。在他看来，写作是人类文明发展必不可少的东西。是文明让人类懂得保护老人和小孩，保护妇女，人类才能更良性地更文明地超越动物性去发展。

翻阅严力新诗集《体内的月亮》,《清明感怀》《还给我》《谢谢》《另一种骨头》等，讲述着关于世界的真相，对孤独、异化、荒诞、绝望、自省、自由等人的存在命题的诉说。特朗斯特罗姆说过，诗是一种积极的禅坐，它不是催眠，它是唤醒。是的，唤醒做一个有尊严的普通人的愿望，唤醒对人类更高文明的向往，也是人类的一种自我救赎。

严力从 1973 年开始诗歌创作，他生命状态的压抑来自于那个扭曲的时代，来自受重创的家庭。爷爷——上海的名中医严仓山，因给许多“坏人”看病而获罪被逼自杀；父亲严世菁到五七干校后又被带走隔离审查，四年后患肝病去世。1970 年夏天，他从父母所在的湖南五七干校独自回到北京，按照初中毕业的年龄等待北京社会路中学的分配 。他在社会上遇到了压抑的同类，其中包括芒克、多多、北岛，他们一起写不满社会的诗 ，然后把它锁进抽屉。1978 年 8 月，严力拥有了自己第一本用手刻蜡纸印出来的诗集《存荐集》。1982 年他印制了油印诗选《公用电话》。

二

诗歌是情绪的一个出口，写诗是一种见证。严力创办的《一行》诗刊 (创立于 1987 年纽约的中文刊物) 是新中国成立后，大陆的中国人到美国以后创办的第一个文学刊物。现在很多腕儿级的诗人，最早作品就是发在《一行》。《一行》诗刊较全面地记录了 1985 到 1992 年之间海峡两岸暨香港、澳门现代诗歌作品的发展情况。那个时期国内的意识形态比较严，发表的渠道很少版面很少,《一行》就是一个记录者。《一行》发表过诗歌的诗人有：梁晓明、伊沙、莫非、于坚、西川、孟浪、默默、柏华、陈东东、王家新、顾城、张真、江河、欧阳江河、芒克、李笠、王小妮、多多等四百多人；发表过西方诗歌的诗人：布罗德斯基、德列克·沃尔科特、布考斯基、爱伦·金斯堡、米沃什、默温、加里·斯耐德、聂鲁达、马库斯·胡伯、巴勃·迪伦、叶普图申科、安德烈·普鲁东等。《一行》于2000年停刊。严力创办的《一行》诗刊完成了一个重要的历史任务。

严力说:“这世界一直发生不好的事情，我必须要写他们，我有话要说。巴黎事件如果没发生，我也不会写，写诗的整个过程也是个反省的过程，写诗的最终结果是为了能让人的行为更文明一些。”

被伊沙称为“现代汉诗智性一脉的宗师”的严力，对语言有很好的控制力，将个体存在的历史语境揭示得如此真切，比如《他死了》(1974)、《还给我》(1986)、《酒和鬼相遇之后》(1987)、《深邃》(1987)、《负10》(2009)等，都是收集的历史证据，忠实地记录并讲述关于世界的真相。《鱼钩》(2000)表达最极端的无奈，最终自己把自己一口吞了下去。《负10》以顶针辞格、犀利之笔写对忘却“文革”创伤的反思。

以“文革”为主题的
诉苦大会变成了小会
小会变成了几个人的聊天
聊天变成了沉默的回忆

回忆变成了寂寞的文字
文字变成了一行数字
1966—1976
老张的孙女说等于负 10。

三

严力有一些短小精悍的诗作登在《新民晚报》周日的都市版上，已连续登了八年。严力管它们叫“诗歌口香糖”，“有味道你就多嚼嚼，没味道你就吐掉”。他写当代现实生活的题材，写一些永恒的题材。诗是多棱镜的反映现实，每一首诗就是一个面，力求立体地准确地表达出自己的思考。他曾经写过《才华》，他讲道理，一般讲到人性的根上。

才华

是被有钱人承认
还是被高官承认
或被教授甚至百姓承认？
很多有才华的人

都希望被上面提到的所有人承认
这确实难为了才华

2013.7

读严力的诗，如醍醐灌顶，教给人们看世界的眼光。严力说，作为一个写诗的人，首先是建造自己内在的文明。另外，没有拿不动手段的手，只有拿和不拿的区分，所以诗人习惯对事物反省之后去选择什么该拿什么不该拿，也就是我们常说的取之有道，这个道就是道义之道。

1979 年，严力开始绘画创作，为民间艺术团体“星星画会”的成员，参加了两届“星星画展”的展出。1984 年在上海人民公园展室首次举办个人画展，是最早在国内举办的前卫个人画展。前辈画家颜文樑用书法题了画展的请帖，陆俨少、应野平、李咏森、王个簃为画展题了词。在这次展览中创作的《喝音乐》于 1994 年被上海美术馆收藏。

《事物是它们自己的象征》中有篇《自序：历史的缩影》，这是一本更多以图片、诗歌和绘画来叙述个人某个阶段经历的书，是严力在中国北京七十年代到八十年代中期的生活和创作。中国当年的《今天》杂志也好，“星星画会”也好，其实是在追求一个人的正常表达，追求自己的权利，然而在一个非正常的年代，却会使人付出很高代价。这是一本珍贵的画册，书名是美国诗人艾伦·金斯伯格

1987 年赠给严力的个人诗集上的题诗。画册扉页写着“此书献给我女儿的那一代人”。

封底引用了弗朗茨·卡夫卡的名言:“我有很多的可能性，确定地；但你们知道它们是被压在什么样的石头下吗？”

四

严力早年对一种封闭性的反拨，表达了“人之所欲言而不能言者”，来进行对话以疗慰心灵，其艺术语言表现为“把一个人画成两部分来表现自我分裂与矛盾”(《抽烟思考者》); 必须到门外去追求阳光的发芽者 (《追求阳光》);《梦幻在京城》中，拥有一双蓝色羽翼的长发女子飞翔在紫禁城上空，再深再高的宫墙似乎矮了黑了;《你的想像力喝多了》在梦中与月亮对话。这里是他的梦想花园，他画运动的活的色彩。严力艺术的自白正如《蘑菇》，逆风方向的顽强生长：

谁能
说服自己
在阴暗的处境里

生命不存在了
背着光
朽木怀了孕

他画了很多内心的风景，唱片系列、城墙系列、补丁系列、@ 系列等。严力认为，人本身要面对很多永恒的矛盾，每一代人都要成长一遍，重新体会一遍自身的动物性跟文明的矛盾，就看你怎么收拾它。

他的唱片系列前后做了七八年，用掉了几百张唱片，完成了 60 件作品以探索这个系列的最佳可能性，寻求自身的突破。这种旧的黑胶唱片有一种历史感，是人类曾经的历史，赶上了这历史的严力完成的是对这个时代的真实记录，比如《MP3 的一代人》。城墙系列提醒人们，生存在一个异化的环境里，天天在城墙里呆着的人们应如何保持人与自然的和谐。补丁系列，从人的体内修补，内环境环保了，外环境就不可能乱。@ 系列，连羊角都长成 @ 了，意味着时代的新生，新时代的迷惑。现在他正构思着他的“构思系列”。

无论是写诗还是绘画，严力的创作都指向一个目标：探究人类到底有多大文明可能性？谈到他今后的艺术追求和艺术发展方向，他说了两个词：“创新”“超越”。

我想起了英国诗人 T・S・艾略特的：“让诗歌经历永无

止境的冒险。”严力却说他更欣赏狄兰·托马斯的:“用最黑暗的方法头也不回!”

侬这算啥本事

“我要告诉侬，上海有个老前辈我最买账，他讲我：侬这算啥本事！”

“谁这么说您？”

“张乐平先生。”

我听到了一件趣事。那年戴敦邦先生去北京画英文版《红楼梦》，他住的宾馆正巧也是全国政协开会休息的地方。他在房间里画画，张乐平先生一个电话打过来：“戴敦邦，你现在过来一趟！”“啥事情？”“过来就是了，好事情！”原来他在宴会上拿了一只虾——红烧大明虾藏在皮包里。见到戴敦邦，从皮包里变戏法似地掏出一只大明虾。

“哎哟，我好感动！那时哪里吃得到大虾，那么大一只虾！”敦邦先生比划着对我说。

“我待侬好伐，舍不得吃虾，拿来与侬共享，我们有福同享。”张乐平笑嘻嘻：还有咧，从皮包里又掏出一样东西——一瓶二锅头！于是，他俩就一瓶二锅头一只虾吃得不亦乐乎。

这事真有意思。戴敦邦谈起往事开怀地笑出了声，这事就一直记在他心里了，还有张乐平说的“侬这算啥本事”。

“他是我的知己知交，恩师！”戴敦邦先生说，“张乐平先生也是民间艺人。”

民间艺人，朴实得有点土气，但生根于大地，花开不败。1978 年戴敦邦曾去敦煌，看到恢弘的敦煌壁画，惊呆了。画工们的躯体融化在敦煌艺术中，他们的名字就叫“民间艺人”。出于对“民间艺人”的真诚，从敦煌回来之后，戴敦邦开始用这一款钤印。有时自己的名款不落，也要写上这个号。

长期以来，戴敦邦的创作重心是古典文学和历史题材之作，上自神话盘古开天辟地，《诗经》《楚辞》，中及唐诗宋词，下逮元明清戏曲小说；以名著插图为多，有组画、独幅画、长卷、人物造型等形式。戴敦邦的艺术自成一家，形成了“戴家样”。

戴敦邦画了五大名著。记得 20 世纪 90 年代大型电视连续剧《水浒传》热播，我天天守着电视机。那时主要为了看潘金莲，当然也看梁山好汉浑身的肌肉。并不知道担任《水浒传》人物造型总设计师的，就是眼前这位敦邦先生。他用两年时间，完成了184幅水浒人物造型。

现在想来，敦邦先生身上有一种水浒英雄的侠义，他却笑说自己不过是《水浒传》里的小喽罗！要说与哪个人物的性格最接近？鲁智深！他有勇有谋，不像李逵鲁莽冲动乱杀人，鲁智深即使把人打死也是为了某种道义，他义中有节。

历史上很多画家都绘过《水浒传》，但多数着眼于人物英雄的一面。戴敦邦说，英雄多是生活在社会底层的小人物：铁匠、货郎、庄户佃农之类，都是血肉之躯，有的还有不光彩的行为。于是在他笔下，这些好汉是以小人物形象出现的。他拿自己生活中接触的普通老百姓做模特儿，一画一个准。

谈到《金瓶梅》，敦邦先生认为《金瓶梅》是中国最伟大的小说。中国的小说，以前是帝王将相，仙人神道，《金瓶梅》完全写到人，而且写的是底层的平常生活，把底层人作为小说的主人公来写。《红楼梦》里面的人物比如贾宝玉、林黛玉，现实生活中不可能有非常像这样的人，但《金瓶梅》中的人生活中确确实实有。我们现在社会上的现象，诸如人与人的关系，怎么交换，人性的丑陋，《金瓶梅》都写了。他画了《金瓶梅》的全本。

在戴敦邦画室，我看到墙上巨幅的《道德经》组画，人物群像场面恢弘。古人、现代人、面具人，还有人面兽身等，戴敦邦先生说要把美女、名车、豪宅、爵位、财帛这些统统画进去。

“五大名著都画好了，一只眼睛也瞎了，小幅的我画不了，《道德经》可以画大。”敦邦先生说。他尝试以绘画的形式表现老子的哲学思想。

我所了解的《道德经》是一部奇书，万经之王。老子的“道”微言大义，戴敦邦对“道”又有怎样的理解呢？敦邦先生说他的“道”和老子的“道”可能不太一样，根据自己的理解去画了，也蛮难讲的，画出来以后再讲了。

他一边说一边涂改，有的地方需要丰富，有的要减掉有的再虚点，逐步逐步地理解，不是一下子到位的。根据现在的工作量还有四年，他指了指左眼：“看这只眼睛能延长工作多久了，四年也只能完成半成品，还有颜色、山水背景没画。”

81 张大画，计划四年完成，工程浩大哪！我看敦邦先生不时地咳嗽，劝他多休息。他停下了手中的笔，认真地看着我，说了句：“能画是最大的幸福！”

戴面具的舞蹈家

博物馆里，一场主题“茶道”的表演。

300 平方米的地面上，宣纸铺出一块 11 米 ×7 米的区域，中间摆有抹茶粉末。

“人完全浸在绿茶粉中，一动绿茶粉就要飘。如果正常状态下的呼吸，绿茶粉会进入肺中，会咳。我这舞蹈，独舞一小时，所以我有半小时练呼吸，是打坐的状态，把呼吸平放，这个舞蹈对我来说，是一种修炼。”

殷梅在 40 磅的绿茶粉中独舞一小时。此时，她的心，她的神，在满房间氤氲的淡淡茶香中。天光俱净，云淡风清。

殷梅推崇日本的茶道，极简又深刻，能够让人的身体全方位地觉醒。进入这个场域，你的前后左右，之间的能量，所有的一切都能感应到。跟佛教练习打坐或者念经一样，只做一件事，不停地做，诚心诚意地做，把最简单的事做到极致，精神便有了一个宁静的核心。

我曾经看过殷梅与蔡国强合作的舞蹈剧场作品“Asunder 支离破碎”。《飘渺的洛阳牡丹城》（纽约亚洲协会首演）是她与徐冰合作的，背景是徐冰用他设计和雕刻的模板创作的那套《天书》。一部由混乱偏旁组成、无人读懂的《天书》，长达几十米的巨幅长卷挂满了整个舞台，视觉效果非常棒！

我理解的舞蹈和诗歌一样，是精神领域隐秘的律动。殷梅告诉我，舞蹈语言不像写故事的语言去表达一种情感，那样会消解了舞蹈的意义。中国舞不是讲形的，讲形的那些不好看，人们在电视上看到那么多中国舞蹈，都是在练习技术，中国舞原本不是在技术上，最早讲的是天、地、人，也可以讲是身、心、灵。中国早期的巫舞中，上百个巫女在白天阳光充沛的时候穿着华美的服饰，熏着芬芳的香料，手执鲜花和雉羽载歌载舞，与天地沟通，与祖先神灵沟通，那是舞蹈精髓的东西。

我想起了圣经中说人由灵魂体三部分组成，灵是特别用来与神相交的。殷梅的理念拓展了舞蹈的意义。我们现在学的很多都是技术，却把灵魂的东西放在一边，不去碰他了。

殷梅长时间地修炼太极，学习《书谱》《周易》。这位纽约市立大学皇后学院戏剧舞蹈系终身教授，对中国传统文化和现代舞蹈创作之理论与实践为一体的研究和推广，使她获得了美国高等教育学术协会的实践思维奖。几十年来，她一直在做身体的研究，从身体的觉悟开始，开发个人意识的觉知，通过感知来识气识意识境界。“现代舞希望跟观众达到一种空间上的交流，而不是做一个工匠用舞蹈来讲故事。舞蹈有它本身的特性。我觉得艺术家到头来，这个艺术要超越的话，实际并不是靠技术，它是要一颗很放得下的悲悯心、生命平等的观念，这跟我的经历有关。”殷梅创作的将近二十部大作品，每一部都是小时侯的记忆。

听殷梅讲述自己的童年，一切像梦的碎片般呈现。

小时候家里一只豁口的碗，碗上有个小花案，每次盛饭她都爱给自己用。那是“文革”时期，父母挨批的痛苦，一些讲不清楚的问题，家里的阴云也堆积在孩子的心里。殷梅说她从小就不喜欢白天，特别喜欢黑夜，“我觉得黑夜里我可以走路，没人看到我”。

正如大诗人必须有一道春天的伤疤，从里面长出诗来。一只有豁口的碗，它与她心灵深处的某一点相契合，如易经说的“同声相应，同气相求”。小时候的经历，隐秘的情绪，一颗敏感的心，一些伤痛隐伏在心底或某个角落，成了她今后舞蹈创作的灵感来源。

一组取名覆盖的舞蹈照片。

“雪泥鸿爪，是留下的足迹，也是不断的刷新吗？”

“没错，我覆盖，又被覆盖。能看到的仅是表层，看不到的深不可测。”

镜子，虚幻之意象。

舞蹈家喜欢在舞台上设置一面镜子。我理解成一种穿越，更多的是揽镜自照吧。

就像诗人总有几个意象在诗里反复出现。我注意到镜子、茶粉、鸽子、面具作为她喜欢的符号总在她的作品中出现。殷梅的面具不是普通的面具，在印度尼西亚有一个做面具的人，叫 Anon，在巴厘岛，他是用传统的手法做当代的东西，也有一些 Mask maker。Anon 的每个面具都是独一无二的。

殷梅特别尊重她的面具。这个巴厘岛面具，眼睛不是睁开的大洞，而是一条缝。舞动时，会感到躲在面具之后的我，才是真我。几乎她所有的作品都会用到面具。在大学里教课时，殷梅经常和学生们一起自己做面具。她说每一个人的面具都可以讲话。

此曲只应天上有

乙未冬，我与摄影家岑永生先生一起去瑞金南路拜访昆曲艺术家蔡正仁先生。环视四周，家居摆设仍然是 20 世纪 80 年代的风格，普通，甚至朴素。我们围着一张小茶几坐着。

客厅墙上有两张放大 24 寸的《春闺梦》剧照，是蔡正仁与艺术家李蔷华、张静娴的合影。另一面墙头有幅挂历，上面密密地记录了每个月每天要做的事。

“我退休到现在八年了（67 岁退休），忙啊。昨天你们来的话找不到我，我每天在团里上课。一批学生从戏校毕业后分到咱上海昆曲团。昨天呢，已帮助学生排好一出戏，所以今天上午有空了。”蔡正仁说。

蔡正仁所说的学生指“昆五班”。蔡正仁是第一届上海市戏曲学校昆曲班（简称“昆大班”）的学员。在当代中国戏曲界，“昆大班”是一个光彩响亮的名号。去年恰值昆大班学生艺术生活 60 年纪念。他们 1954 年入学,1961 年毕业，诞生很多昆剧名角，演小生的蔡正仁，演老生的计镇华，演文丑的刘异龙，演旦角的华文漪、梁谷音、张洵澎、张静娴，演武旦的王芝泉，演女小生的岳美缇等。如今已步入古稀之年的蔡正仁，教导了三代小生，培养了一批青年艺术人才。“教戏，一出一出地教给他们，学校里学得少了，来到上昆剧团要补补课的。希望他们成才哪。”

昨晚他去小剧场看《夫的人》，剧场内黑头发涌动。

“现在昆曲观众的变化也很大，年轻人特别是女孩子多。有的 80 后一度是越剧‘粉丝’，如今狂热地迷恋上了昆曲，一批大学毕业的白领很热衷于追昆曲，这是近十年来产生的一个很特别的现象。”正仁先生高兴地说。

没错，阳春白雪还是有人爱的。古老的昆曲在现代社会渐渐焕发出它的魅力，昆曲日益成为一种时尚和高品位的象征。我预订了月底蔡正仁主演的《奇双会》，在上海天蟾逸夫舞台演出。前几天他在梅陇文化馆做了“昆曲小生的表演艺术”的讲座，台下坐了好几百人哪。讲了两个多小时，光讲观众们觉得不过瘾，还要唱几段表演几段。

蔡正仁 12 岁学昆曲，师承俞振飞和沈传芷等昆曲名家，攻小生，尤其擅长官生戏。历有“小俞振飞”之美誉。

他学的第一出戏是《长生殿 · 定情赐盒》，六十多年来他在舞台上不知出演了多少场《长生殿》，七十多岁时大段的《迎像哭像》唱起来依然“金声玉振”。早在20世纪80年代蔡正仁在整理改编的《长生殿》中塑造唐明皇，由华年而衰老，融小生、老生几种演法，既继承了俞派艺术的精华，又拓宽了小生的艺术领域。京昆艺术大师俞振飞赞为“全国就这么一个活宝”，并当场挥毫赠诗：“转益多师与古同，总持风雅有春工。兰骚蕙些千秋业，只在承先启后中。”台湾著名作家、昆曲制作人白先勇说他是天生的唐明皇，而戏迷们则戏称蔡正仁“蔡明皇”。

我想起戴敦邦先生曾告诉我画过《太白醉写》。蔡正仁一听乐了，他从房间里扛出一幅戏曲人物画，正是戴敦邦的墨宝。画家笔下的李太白神采飞扬，挥斥方遒，再现了戏曲家蔡正仁生动演绎大诗人李白之仙气、狂气、傲气。

李白藐视权贵，曾戏弄高力士为他脱靴，杨国忠磨墨捧砚，醉草吓蛮书，成为一时佳话，冯梦龙的《警世通言》里记录了这个故事。

《太白醉写》有个特别的地方，李太白从头到尾只有两句唱的，其他都是念白，加上各种各样的笑和非常精彩的醉态、醉步，看这出戏其实就是看表演。各种各样的笑功是一大技巧。

蔡正仁记得第一次听俞振飞老师在台上的笑，被俞振飞老师引得笑得比他还厉害，因为他笑得太好了。老师点拨:“我打个比方，你这个肚子就好比一个皮球，一捏一放，一捏一放，没完没了。”蔡正仁茅塞顿开，开始按老师方法练笑，一直练了几十年。

一本《粟庐曲谱》放在蔡正仁案头，这是俞振飞老师赠送的昆曲工尺谱。在清末民初清曲界，俞振飞之父俞粟庐代表的是南方昆曲清曲的最高典范，他以精雅的叶派唱口成为当时执海上昆坛牛耳的人物。

《粟庐曲谱》可是蔡正仁的宝贝，走到哪都揣着它，温习、拍曲都用得着，因为经常翻阅，书脊已经脱了线。这工尺谱也是中国的一大文化遗产，我细看，每一章均用蝇头小楷写就，字字匀称端庄，风格清和俊雅。工尺谱上有蔡正仁的铅笔眉批，他仔细地标上了某段曲子所用的时间，注明演员演出时穿的服饰、舞台道具，还在不同角色的念白处画了圈。他说这样可以一目了然，他的左眼因灾难连连已经接近失明，现在他最遗憾的是不能自己完成化妆。

抚摸着这本工尺谱，蔡正仁深情地说，《牡丹亭》是昆曲剧目中的最高境界，《游园惊梦》这曲子多好听，它的音乐它的唱，让你感觉到“此曲只应天上有”，每当曲声响起我人都融化了……

那一脸沉醉，恰如《牡丹亭》中的杜丽娘在梦中寻觅到了她的爱情。

盛先生家的厨房及其他

一

不知道为什么，如果有人愿意在厨房里弄出点好吃的，我会对他很有好感，不仅好感，还敬重。小小的美食传递舌尖上的享受，在火与锅炙热的拥抱中，在一双巧手的翻炒下新鲜出炉。舌之所尝、鼻之所闻，忽然间我会觉得跳过了彼此的陌生，就像是认识多年的朋友，一下子变得亲切、亲密。

2014 年春节访谈楚默先生，盛剑成老师就在厨房里弄吃的。一会儿是哗哗哗的水声，一会儿是铿铿铿刀切砧板的声音，动静有一点点大，不由想到：厨房里藏匿了太多的秘密 。不过并不影响我认真聆听楚默先生，先生声音不大但清晰。偶尔，我的思想也会伴着厨房滋——、铛——

的声音游离一小会，心想：盛老师在弄什么好吃的呢。

不多久，盛老师就端上来热腾腾的几根崇明糕，这种特色风味小吃的历史有几百年了，它的传统制作技艺已被列入上海市非物质文化遗产项目。崇明糕有松糕和硬糕两种，我偏爱硬糕。崇明糕被切成长条形，看上去粉很细，配料大红枣，不由想起我小时候，总是趁大人不注意，偷偷地从储物缸里往外掏红枣，缸叠得再高，我都能得逞，等大人发现时红枣已经见底了。我用筷子夹起一根崇明糕，白白的，软软的，糯糯的，清香松口，糯而不黏，有一股蜜制糖桂花的味道！一时贪心地想，如果有酒酿汤就好了，那真心是一绝。很快，两条崇明糕已然入肚。

又端上来两碗圆圆的崇明团子，盛老师说爱吃哪种？枣泥的、黑洋酥的都有，枣泥的香，黑洋酥的甜。很快，又入了肚中。楚默先生笑嘻嘻地瞅着盛老师：这么吃下去，那中饭她们还吃伐啦！

开饭了，上菜。山药是红烧的，好吃，从来没有吃过红烧山药，一问还不是一般的品种。青菜是地里的特产，炒得碧绿油亮，两碗可爱的青菜呈对角线摆放，很受欢迎。还有一大碗排骨炖萝卜，这个菜我可是提前几天就知道的。盛老师曾发邮件告知，留下来吃中饭，有一个大菜“排骨炖萝卜”，据说是楚默先生的意思。啊，我惦记了几天的“排骨炖萝卜”！别小看这白萝卜，也别小看这简简单单的一碗汤，在西风凛冽的冬日，在没有空调的崇明老宅，白萝卜就像小人参一样，汤白味美，才下舌尖，又上心间。

这应该是平日里楚默家最丰盛的一顿饭了。走进楚默居室，见一个竹篮里盛放了小半篮子米饭，原来先生平日只吃冷饭和素菜！那“排骨炖萝卜”也真算得上大菜。后来这道菜成为我冬日里去崇明最热烈的期待。再去楚默家，照例盛老师烧饭，照例是红烧山药和炒青菜。记得还端出过一碗红烧羊肉，还有一次他特意去市场买了十只崇明小螃蟹和虾，这些楚默是只看不吃的。

二

几次我到崇明楚默家去，到了终点站，都是盛老师来接我，他骑着电动车，载上我，径向酱园路驶去。我坚持打的，他坚持：就这么点路，不合算，我带你，一歇歇就到了。一路上大多数时间听他谈楚默，聊近况。楚默是他的同胞兄长，自小一起长大。小时候一起背古诗词，一起写毛笔字，一起吹笛子，吹箫，拉二胡，长大一起读中文，一起研究书法。他曾经说到兄弟俩小时候的遭遇，无比感慨，因为家庭成分不好，长期受压制，入队、荣誉什么的都没有他们的份，因此，一直以来很自卑，粉碎四人帮以后才好转的。他告诉我最近楚默的一件纱的开衫拉链坏了，要换，楚默嘱咐他不能超过 10 元，因为开衫买来才 20 元。盛老师兜遍了整个市场，跑了不下三次，好不容易找到一家，说要 15 元，就悻悻然回家了。后来想到买那种可粘贴的搭扣，可是市场上也不便宜，便又无功而返。又想到可以订钮扣，终于找到一家 5 元 20 粒，盛老师很高兴，买回家后楚默也很高兴，亲手订上钮扣，立马穿在身上说感觉很暖和。我暗笑，盛老师也真呆，把拉链买回去就说 10 元，不就少了许多折腾嘛。

我坐在他身后，望见他一头乱蓬蓬的头发，被风一吹，就像乱稻草东倒西歪。

三

盛老师常微信发我书作，他最初接触书法是在 20 世纪 60 年代，因患严重关节炎休学一个月。偶尔的机会，他看到一本苏轼的楷书字帖《醉翁亭记》就模仿着写，因从小家庭出身不好，失去了很多机会，人就很压抑，所以他年少时偏爱赵孟頫的书作，字迹秀逸，结体严整。“文革”开始，他就专门抄写大字报。下乡后断断续续地写，但是为谋生计，练字只是闲暇岁月中的无聊寄托而已，从未拜师学习，受到正规的训练和指导。

后来在广泛游历中开阔了眼界，喜欢上了祝允明小楷《洛神赋》、黄庭坚波澜壮阔的《廉颇蔺相如传》《诸上座帖》等，他都心摹手追，有了深入的技法体验。他最爱《兰亭序》，临习了至少200遍，临出了风貌、精神和独特的个性。他孜孜探索王铎的“涨墨”技法等，结构奇险，疏密结合，用笔沉着而富有变化，豪迈而不失法度，成为自己的书法特点。

盛剑成戏称自己是书坛“坛外汉”，他自己出资出版书法作品，不为名也不为利，这么做只是敝帚自珍，算是聊以自慰的一点成果。他说书写是生命的一种过程，为了留下生命的印迹，书法集是留给亲友的一点纪念品。

谈到审美趣味，百花齐放，百家争鸣。他说好比菜有川菜、粤菜、湘菜，有安徽菜、苏州菜、上海本帮菜等，地域不同，每人的口味也不同。有的丑书真的很“丑”，但是有味道，让人产生联想，供人回味，从中得到审美的乐趣。

暖男谢生林

扬州才子谢生林，我见过一面。第一眼，你会觉得他严肃，因为他似乎不怎么笑。

然而他的温情，是隐藏在严肃之中的。2015 年冬日散怀草堂雅集，有人交谈、有人静坐、有人挥毫，有人忙着合影。只有谢生林严肃地端着相机，为师友们拍了五六百张照片，拍得他汗水淋淋的，还在坚持不懈地拍、拍、拍。隔天，他将整理好的照片发至微信群，五六百张哪，坚持不懈地发、发、发，大伙搬起小板凳，一看就是大半天。

生林是一枚暖男。没错。

可是，与别人不一样，他有更深的爱恋。那日，我上他的 QQ 空间晃悠。看见一个跋涉于崎岖山路的行者，挥着汗拨开荆棘去找他的“索玛花”。

路险，山高，弯急。

一路上，生林过金沙江过大山包镇过炎山镇，抵达凉山州金阳县时夜幕已经降临。终于当凉山的彝族儿女们齐刷刷出现在他面前，他的眼亮出一片柔情。女孩贾巴书则响亮地唤了他一声“谢爸”。

在我的印象里，彝族是天外来客。在彝族儿女曲木么成力、贾巴书则、杨里作、罗史色、金金作、万进超、结业木比作的印象里，“谢爸”一定也是天外来客。我听见生林的步履声，踩在金阳县天台小学狭窄的操场上，他为孩子们捎来了学习用品，捎来了亲人般的问候，捎来了甜甜的日子，挂在秋的枝梢，五彩缤纷。

临行，孩子唱起了欢送他的彝族歌曲。在这个群山环抱的地方，一簇一簇地盛开着索玛花，洁白中透着粉红。这里天高云淡，望着空中的飞鸟想起未来的飞翔。只因为，山那边的一个人，一句诚挚的诺言。

我相信，从此，生林的身前身后，都是爱的暖。

我必须告诉生林，我从不知道六盘水距离云南昭通 200 公里，昭通到金阳 170 公里，200 公里费时近 5 个小时，170 里耗时 8 个多小时。我从来没有经历过群山、深山中的穿梭和颠簸。我是带着心酸与虔敬读了他的博客的。那是一首真正的诗。

后来，我收到了周荣池著长篇小说《李光荣下乡记》，小说中“捐资助学的儒商”的原型人物便是谢生林。他热衷于公益事业，关爱大山深处的孩子，关心他们的心灵成长，获颁首届“回乡好人”。我初次听到“回乡好人”有些哑然失笑，还有这样的奖项！再一琢磨觉得这四字也到位的。谢生林的微信朋友圈经常会发一些公益小视频，他说：“在这物欲横飞的时代，我们稍微留意一下，做点力所能及的事情，会突然发现：帮助他人，也是一种幸福。”

谢生林是扬州人，字墨之，号墨馨斋主人，别署飘雪轩。善书法、诗词、摄影，歌词创作，可谓多才多艺。前段时间山东寿光遭受了洪灾，他积极参加了赈灾义卖活动，发挥自己的书法特长，捐献了两幅书法作品。

生林拍过一些地域文化的专题，在他的镜头语言里，有对现实的理解。他拍《黄昏牧归》《在贵州深处的那抹乡愁》《回家》《多彩梯田》等，他走向车站，爬上高坡，披星戴月拍摄了很多照片，每张照片都是一段独特的生命体验。有人说，生林因为擅长诗词和书法，所以他的摄影作品中总洋溢着一种诗情画意。但是我却从他更多的人文摄影作品里读到更多对社会的关注。看他的图像，让我想到了“场景”背后的“背景”，里头有他的关切与视角以外的思考，触及人们当下共同关心的问题，这是一个摄影人对社会的一种责任。他的这几件作品都入选了全国摄影展。

谢生林说他的摄影属于画意摄影，他发在朋友圈的《渔》让我印象深刻：一张网从天而降，它要拦截鱼儿的梦，浩大的水面暗藏杀机。不由想到，粘网、曳网、流网还有各种诱饵，都参与了此次狩猎行动。他的画面总能让人看到、听到、想到些什么。他追求画面上的结构与层次有艺术性，追求相片本身具有深刻意义，余意无穷。

我觉得谢生林的摄影保持了一种行动上与心理上的联系，作为一位诗书画影兼擅的杂家，他自然地拥有了一些神奇的时刻，当他奔走于田野、深山、村寨，不知疲倦地寻找、发现、记录时，他能看到平常看不见的，或其他人看不见的更为复杂和立体的东西。

欲寻桃源路

郁郁滩林、夭夭桃花、袅袅炊烟，是诗人谢灵运眼中的江南田园。中国山水诗流传始于楠溪江，楠溪江真是一条诗之江，随着山水的流向，随心而行。苍坡古村，那是南宋时期开始形成的一个古村落，延续着底蕴深厚的耕读生活。现在的苍坡古村已成为永嘉人心中“复得返自然”的世外桃源。

画家夏蕙瑛的作品展馆在这里，对应了苍坡村“琴棋书画”的文化地标。我见过她的“苍坡古村”以及“望兄亭”等系列画作，水墨淋漓，笔触中尽显淳朴古韵。夏蕙瑛有首《古村》，此诗的写作缘于 1996 年秋，夏蕙瑛赴楠溪江旅游写生。爱当地风景之美，觉古村民风之淳，又为美好传说所感，遂作《古村》诗。

欲寻桃源路，携秋楠溪行。
村同古柏古，人比清水清。
弟望送弟阁，兄送望兄亭。
谁又点灯去？远山明月生。

乙未秋，我和千夜受邀参加夏蕙瑛《古村》诗 20 周年主题对话活动。上海电视台《艺品生活》节目编导李明哲担任主持人，主讲嘉宾有夏蕙瑛、胡跃中（原永嘉县旅游局局长）和卫平（中邦置业集团董事长）。沪上大学社团上政鹤鸣诗社、采薇文学社、上海对外经贸大学黑眼睛文学社、上海商学院晏秋文学社来到了活动现场。

《古村》有诗碑，第一块诗碑 1997 年立于苍坡望兄亭前,2012 年又竖起一块汉白玉石碑，白底金字，并建有一个诗碑亭。诗碑由吴邦国书写，据说时任国务院副总理的吴邦国先生很喜欢这首诗，便用来练书法，有一幅写得特别好，他便寄给了夏蕙瑛。

听胡跃中讲了一件趣事。胡跃中的老父亲是位民间音乐家，创作了好多原汁原味的地方民歌，比如纪录片《温州一家人》里的对鸟歌。拿到夏蕙瑛的“古村”诗后，老父亲没几天就谱好了曲，这首歌很快在楠溪江唱响了。说着，胡跃中先生现场唱起了诗！满座皆惊！他笑着说：凡到过楠溪江参观诗碑，听过这首歌，了解耕读文化的客人都成为了夏蕙瑛的粉丝啦。显然，夏老师的“古村”诗已成为一张文化名片了。

古村落，应该是本色、真实、原生态的，就像大自然中的蝴蝶。然而，我也看过不少被人工翻新的古街、古镇，那不是蝴蝶，是蝴蝶的标本。黑格尔说，美是无功利性的。卫平感叹，不少古村落已经被浮躁的建筑淹没了。好在如今在全国倡导推广美丽宜居乡村建设，中邦也顺应潮流，希望能成为精神状态下的一种集合空间，主要内容是做民宿，做创客，在自然的田园风光里面来表现农村、农作、农耕的一些场景。乡村之美，美在生态、生活、产业、人文，怎样让更多的文化艺术进入千家万户、进入人们的生活，是他一直在考虑的课题。其开放的姿态和前瞻性的视野，将艺术与文化、生活相结合，把艺术家引入社区生活，成为空间自然生态美妙的一道风景线。

艺术家的作品也有多元融合，夏蕙瑛认为创作中传统与现代并不冲突与矛盾，要把发自内心的东西表达出来。千夜谈了自己对诗歌的认识，诗歌触及现实，触及真实，诗就是一个“真”字，能明心见性的便是好诗。

“不空”总是不空

宇宙有更大的序列，在这序列里可以听到你想要的回声。

当我走进欣安大厦的不空书屋，客厅已满座。不空书屋这个名称起得好，不空，其实都包含在里面。

有人说我要联合大家才能进步。这个联合大家才能进步的人叫白联步，英文名 Sear.Boo，写诗也画画、卖画。诗会主持人大刘和他联手创办了“不空书屋艺术沙龙”。每期均有一个主题，定期做艺术家的活动，影像、绘画、装置艺术，一些其他的艺术形式例如戏剧，最近做诗歌。形式自由，是上海滩当代艺术交流的先锋平台，由不空艺术基金赞助，为纯公益。

不空艺术家沙龙之 12.8 千夜诗歌分享会。诗人李天靖、羽菡、千夜、崖丽娟、遥远，媒体人王一鸣，摄影家冯介忠、顾振伟、祁超，艺术家宁佐弘，音乐剧导演兰博，艺术投资人岳永舒，画家、HEMA咖啡创始人刘晨，画家陆海滨、书协记者毕小兵，编剧阴森少女ALICE，时尚设计与统筹师肖佳仪、航拍摄影师刘子涵、大学生高华，这些来自天南海北各行各业的人因诗歌而结缘，他们读诗、评诗，讨论爱情、生命的状态，做诗的探索。有位一言不发的戴老先生，总在诗会现场手拿签名本到处请诗人签名，想来是诗歌的魔力吧。

千夜著个人诗集《多少蝴蝶》。她说无论是诗还是诗人，都应该是纯粹的。写诗是内心的需要，我们要为了永恒的星空写诗，即使那是一个理想国、乌托邦，也绝不能媚俗。大家朗读了《为了一份黑椒牛柳饭》《爱情》《蚯蚓》《在街上，很想爱上一个人》《烟花》《每当我对一个男人有好感时》《今夜不对外售票》《被一根芦苇绊倒》《腰肢》等，就像一百个读者有一百个哈姆雷特，同一首诗有N种解读，每个人结合了自己的人生经验。《烟花》一首，兰博看到了巨大的蒲公英背后巨大的幽默感。毕小兵喜欢《腰肢》，吊诡的腰肢。《今夜不对外售票》让王一鸣联想到世界时尚文化走性冷淡的高级感。

《为了一份黑椒牛柳饭》曾受到台湾著名诗人郑愁予的激赏，说简直是对生命的透视。天靖读了诗评：因为她是天生叛逆，对现实的反抗。《爱情》两首引发了热议，这个永恒的话题注定还将不断被提起。想起英国诗人庞德诗句“我的爱人像水底的火焰难觅踪影。”难寻，不易抵达，指诗，也指艺术，亦如《多少蝴蝶》的隐喻。

GEMA 用心准备了手冲咖啡，一款小众烘焙咖啡，满屋子的香。在她咖啡豆就是一件艺术品，性感并与自然融为一体，她说有养豆期几天，她在每一款挂耳咖啡上手绘了超级可爱的图案。诗歌也在研磨中，主持人大刘就诗歌引发的深度问题提问全场来宾，万斛泉涌，不知不觉黑夜从地面升起。咖啡的味道确实性感，甚至霸道，很像好诗。千夜近期的诗开始了实验与创新，如《红豆》《酒鬼花生》，水瓶座少女，爱上了看星盘，喜欢稀奇古怪的东西。天靖做了综述，诗可以有多种表达，最后他说自己不断地在燃烧的时候，有种痛苦。Sear.Boo 说 sear 本意在剧烈燃烧中镌刻你人生的铭文。

一拨人意犹未尽，选择不回家，转场去了一个神秘的地方。

黑洞白洞灰洞

多年前听了一个讲座，内容是关于“被遗忘的真迹”。主讲是一个调皮的英国老太太，自述年轻时特别喜爱吴镇的画，便对博物馆的吴画开始了深入研究，用她的话来说是“玩”，这一“玩”便是四十多年。“玩”出的结论是颠覆性的，即馆藏的吴画只有三幅半是真作，其余皆赝品。且不论她的玩法是否科学，她的“吴说”是否胡说，单是玩得纯粹，玩得专一，玩到满头白发齿牙松动，便让人唏嘘感慨。对于艺术，我们是否也需要有这般玩的心态玩的眼光玩的气魄玩的胆识玩的见解？

虽然接触书法有不长不短的一段时间了，写过一些新闻稿，做过一些书家专访。记得学者楚默还对我说，在什么领域搞点研究，搞个课题。在他看来，有了成果，自我价值就得到确证。

这番话，是在寒假，他在崇明老屋里跟我说的，楚默院子里有寂寞松，有万树雪。

我不敢有这样的念头，这念头一秒钟也没有出现过，我觉得自己不是搞研究的料。“研”，双手持杵，用杵椎将臼中的东西磨成粉末；“究”，就像伸出手在未知空间试探。那得有多大的智慧与胆力呀。

前几天宇宙巨兽黑洞现身。霍金研究的结论是，黑洞的黑是光线无法逃脱黑洞的引力，所以黑洞是黑的。但他又表示黑洞是不存在的，因为无法找到它的边界。然后他又提出灰洞可能存在。这个灰洞和黑洞类似，但是唯一不同的是，灰洞是能进能出的。后来他又说灰洞的存在也不能被证实。

哎呦，管它黑洞白洞灰洞，我看问题的提出，真理的探究是永无止境的。

我见到了网上人类的首张黑洞照片，事件视界望远镜直视黑洞的窗口。黑洞的脸看着像一个圆盘，又像极了一只魔眼，旋转着，发出耀眼的光。

我与楚默一同坐车前往华师大，我们聊到黑洞。我说诗人车前子和千夜昨天同题诗，各写了一首《黑洞》。楚默忽然说，我要写首《黑洞》，他高声说，一定要写一首！我看见他双手持杵磨粉的样子。他果然写了一首。其中有这样的句子：

黑洞没有边际
似深渊吸纳万物
……
我飞进了黑洞，便丧失了我
我也就成了黑洞

我不敢有这样的念头，我的院子里没有寂寞松，也没有万树雪啊。

爱上了某个星球上的一朵花

一

提到马振骋，我想到红茶、柠檬、绅士、弦乐器、玫瑰花。

提到娄自良，我想到伏特加、硬汉、踢踏舞、铜管乐器、易筋拳。

我是在同一天撞见两位翻译家的，那天马振骋和娄自良同时出现，就像天边同时出现两颗星辰。这是他们第一次见面、握手，在娄自良讲座的现场。娄自良讲座我听过几次，记得有一次是讲“人类灵魂的终极拷问”，讲陀斯妥耶夫斯基的复调小说。

法语与俄语，完全不同的语言领域，相同的是两人都是大帅哥。有个小女孩看了娄自良年轻时的照片，说长大要嫁给翻译家。

青年时代，青春什么的，我是真没有过。娄自良说。上海译文出版社的一位责编表示，把娄自良翻译的作品串连起来就是他的整个人生。娄先生赠我《战争与和平》（上下卷），他幽默地说：我这好多书都不大好送人的，名字你听听，《被伤害与侮辱的人们》《死农奴》《死屋手记》……还有《鬼》。

今年88岁的娄自良手机里有“百科翻译”，电脑上安装俄文键盘，书桌上有几部原版俄语词典：苏联科学院词典，达利词典，乌沙科夫词典。书橱里还有一整套脱了线的已泛黄的大字典。娄自良的观点：译作是否忠实于原著是有标准的，那就是原文。并非有些专家所说的仁者见仁、智者见智，而忠实传神的译文谈何容易。关于娄先生的生活经历、艺术见解、翻译金句，我写过一篇访谈《生命因跌宕而动人》，此处不赘述。

娄自良说起话来声音响亮，语调像译制片里的，每次聊到一半准会问，我现在可以抽烟吗？点燃一根烟，一长截烟头明明灭灭，星星点点的往事：过去的苦难、做过的生意、爱过的女孩出场了。

他爱伏特加，伏特加是燃烧的烈焰。国内65度的白酒他可以一口气喝上半斤，一点问题也没有，更别提伏特加了。他在俄罗斯就跟他们拼这种酒，得了一个“硬汉”的称号。

翻译之余，他会出去搓麻将，一搓就搓到深夜，再打的回家。我猜他打的是力量牌，不断冲破自己的力量牌。娄自良年轻时练过功夫，他会屈起右臂：你知道我这拳头打出去是什么劲?

我猜他练的是气功，而气功的神秘莫测近于妖，记得云也退似乎说过他身上有妖气。这点我深信不疑。不然怎么解释他身上的神奇之处，比如60年代挖了6年防空洞挖掘了黑格尔的哲学思想，比如88岁还能奔跑着追上一辆公共汽车，再比如几年前生了一场大病后还能啃一块硬骨头，翻译1987年诺贝尔文学奖得主布罗茨基的诗歌全集，2019年4月《布罗茨基诗歌全集》第一卷（上）出版，现在他每天仍持续伏案甚至熬夜工作。不知道他早年写的一首小诗以“波浪”笔名发表，是否也预示了他一生的惊涛骇浪。还好，他会跳踢踏舞，踢踢踢踏踏踏，他还练过一种叫做易筋拳的功夫。

与娄先生告别。娄老走在我前面，下楼梯，一步一步慢慢走，他说，你知道我为什么要走在你前头吗？我是为了保护你。

二

马振骋和他译作中的小王子一样温柔。“你若爱上了某个星球上的一朵花，夜间凝望天空有多美。每颗星都开了。”这么诗意的文字，让我在每一个有月亮的晚上看到璀璨星空中星星的微笑。

小王子每天晚上都会用玻璃罩子把花罩起来。马振骋每天伏案翻译，那可是纯手工的，他的手稿就是他的花。有一皮箱子的花被上海图书馆中国文化名人馆收藏。

马老，不，老马（感觉他不喜欢被称马老）谈到翻译时说，句子是泥做的，单词是水做的，在不同语境中会产生 N 种不同的语气与解释。他非常偏爱《小王子》的作者圣埃克苏佩里，迷恋他散文里的诗意，他说翻译得很有味道时，他的手心会发热！于是他想把圣埃克苏佩里的传记也介绍给大家。

他送了不少好书给我，有大部头的《蒙田随笔全集》（全三卷）。穿越 400 多年的时空，耗费他十年的心力，借此获得“首届傅雷翻译出版奖”。他的书橱里仅《小王子》就有几个不同版本，20 世纪 80 年代《小王子》出单行本，在中国，马振骋的译本是第一本。他不喜欢译人家翻译过的东西。

老马喜欢拿着 IPad 拍照，他家客厅有他去国外拍的风景，放大了镶嵌在镜框里。他也给我拍过几张美照，说实话，人家拍的少有令我满意的，老马例外。当看到一些书法精论，想到我爱书法，他会转发与我分享，有一次他给我发来了民国时期军阀的书法视频。

那天，老马得知翻译家协会的金秋诗会有个迷你音乐会，有原唱《遇见你》。这是专为我 2017 年的新书而创作的，由千夜作词、音乐人李程谱曲演唱。他上午还在瑞金医院配药，下午便匆匆赶了来。我说找地方吃饭，他说自己精神够不上，以后再约。

过段时间他也会短信：你和千夜出外走走的时候别忘了过来坐坐聊聊。

他曾经说：过你喜欢的，不要奢望太高，经常跟几个朋友见见面聊一聊，常来常往，有个正常的生活。有些生活的趣味，懂得享受艺术，日子还是要平凡一点。生活中做到无愧于人。

老马家常年备红茶、咖啡、冰淇淋和精美茶点。我和千夜一边吃着茶点一边欣赏着墙头的画，百看不厌。有一幅劳特累克的画，谁也没想到这是一条精美丝巾装裱的。他说劳特累克专门画红磨坊，画画时他的手心也会发热！

老马喜欢袖珍的东西，袖珍的诗集，大小可以放在西装口袋里，他说在大学时随身携带，随时可读。拉封丹的寓言画，是智慧与快乐的花，他送了我一套。《人的大地》（1981）是他翻译的第一篇作品，那是原版袖珍本《人的大地》，作者圣埃克苏佩里。那时并不十分清楚，他是法国的一个什么作家。书开头的引言吸引了他“我们对自身的了解，来自大地……”他明白写这样句子的作家有话要说。

千夜在《多少蝴蝶》中说，做一只无足的鸟，生在天空，死在天空。老马说，有一时，我看鸟在飞。觉得它也有遗憾，少了在大地上徘徊漫步的闲散与愉悦。

在冬季的风中，老马拎个袋子，送我们下电梯，我请他留步，他轻轻地说，我正好去喂流浪猫。

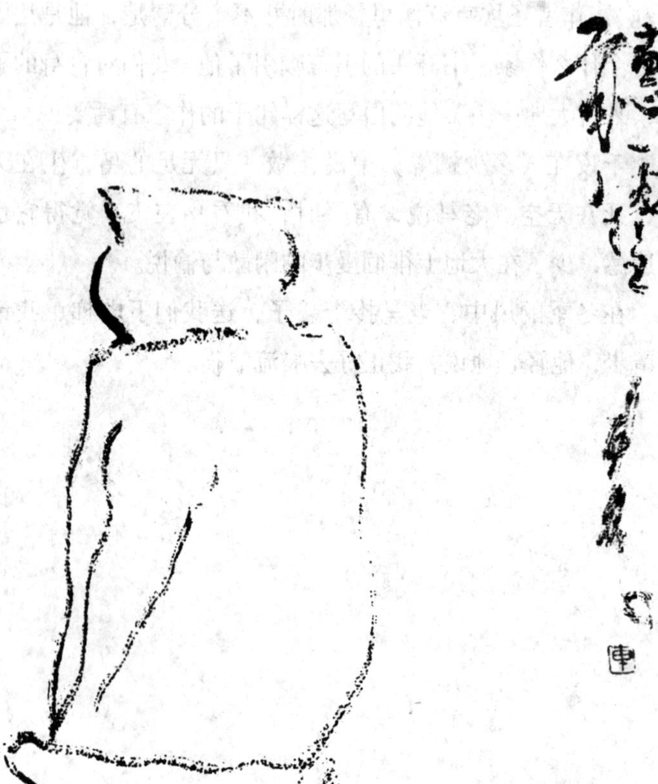

大雪，落在南方的大地上

大　雪

大雪，我们的爱猫。还记得第一次看到你时，在小方家一群等待领养的猫中，你一身雪白，在那儿走着。有些猫很热情，会上前示好，有些猫怕生，躲在高高的猫爬架上。而你是特别的，你自顾自地走着，没有因为我们的到来改变节奏，不刻意讨好，也不回避。你是自然的，潇洒的，独立的。

你来的那天是 2018 年 2 月 18 日。上海刚下过一场雪，所以取名大雪。头顶蓝帽子。绿色的眼瞳，翡翠般光亮。没有丝毫欲望和杂念。这是世界上最纯净的眼神，每次接触这样的眼神，心情就会变得平和、沉静。

大雪，你让我和姐姐从来没觉得你是猫，让我们爱上你。大雪喜欢站在 18 楼窗台，看向窗外。你脊梁笔直，尾巴绕身子一圈，长时间地看着窗外。多么好看，这白色的天。多么好看，岸边行人在走，鸟在飞。多么好看，这条大河，河上走过轮船，轮船下有鱼。多么好看——你睁大了眼，你碧绿色眼睛里的人间，多么好看。

总以为和你在一起的日子会很久，可是你匆匆地走了，2019 年 1 月 3 日，大雪去了雪莲路。新的栖息地，背靠小树林，面向小河。满池残荷，倒影在清冷冷的塘中，夏天能看到荷花的升起。

这世上再没有一只叫大雪的猫，再不见那样纯净的眼睛。大雪，你是多么神奇。我曾经试着把你的故事写下来，没能成功，那就听我念一首姐姐写给你的诗吧。诗写于 2018 年 4 月 11 日，这首诗是预言，更是一首颂诗。

给大雪

千夜

你就站在那黑暗里
一个幽灵，一朵
白色的云
我知道你在看我
如同一个君主
看着黑夜里下跪的臣民

你远不是他们所说的那般温顺，大雪
深夜里我听到你磨
被剪断的指甲
白天是一根挥舞着剪刀的骨头
为了活，需要可劲奔跑

大雪，这是黑夜
我们都没有开灯的权利

但此刻
是一天中最骄傲的时刻
我们站立着
像一场仪式
接受来自黑夜的凝视和加冕

《0档案》之祭

一

“声调可像蓝调那样随兴。普通话，方言，拖腔——都可以，最后高潮是呓语般渐失。我最后出来，仿佛我是被声音召出的灵魂。”

“不用担心，怎么都行，念错了都不怕，高兴多念两句，一言不发都可以。忽然插入也可。蓝调！乱七八糟好呵！”

《0档案》的排练现场，明美术馆。诗人于坚在指挥着、统筹着。舞台上的光线很暗，他的声音不大，却很清晰。整个上午，他们一直在练习、调整、走台。朗诵者于坚、虎良灿、千夜、曾克、王革。分两组，虎良灿、千夜是一组，曾克、王革是一组，分别在舞台的左右两侧。于坚坐在中间稍后的位置，灯光昏暗，他不开口几乎看不到他。

排练时于坚强调:“一个词一个词敲出来那样，仿佛是在打制一堵墙。冷冰冰的。”他念物品清单，他听出一种物的控制的逐渐弥漫感。可以是一群啃啮的鼠在窃窃私语，仿佛一个东西在自己箱子里自我介绍。

《0档案》，一首写于1993年的长诗，具有里程碑意义，曾让许多诗人、诗评家失语，它是一座词语大厦，依靠词语智力建立起来的词语集中营。它颠覆了诗歌界对诗与非诗的界定，模仿了一种档案式的文体格式。全诗300多行，通过对一位活了30年的人的档案的展览，呈现了他的“出生史”“成长史”“恋爱史”和“日常生活”的过程。

贺奕老师告诉我,《0档案》最初发表时被删除了一些敏感词句和段落，发表在《大家》杂志创刊号，附有贺奕撰写的标题为《九十年代的诗歌故事》的评论，直到几个月后才全文刊发于台湾《现代诗》杂志。

1994年由长诗《0档案》改编的小剧场实验剧在北京演出，引发了读者的共鸣。于坚曾说“我是一个为人们指出他们视而不见的地狱的诗人”(《棕皮手记》P285)

23年过去了,2016年12月10日，在上海明当代美术馆举办“大象——诗与图像，于坚作品展”。在开幕式上，长诗《0 档案》首次在国内朗诵。

二

下午，云南彝族毕摩的招魂仪式开始了。

在彝语音译中“毕”是念诵的意思，“摩”是指长者，毕摩是指在彝族社会中念诵经书的长者。“毕摩”是彝族的智者，是彝族文字的创造者、使用者和传承者，还发展并繁荣了彝族的历史文化。听来自云南的作家饶云华老师说，两个毕摩（男）和一个歌者（女）都是搭乘了飞机从云南专程飞来的，来自姚安县。昨天就布置了法坛，今天做“招魂”法事，助力于坚作品展，为艺术“招魂”，为世界驱邪，为人类祈福。于坚邀请他们来，意在重建日常生活的神性，为“文人”正名。

我上午就到法坛那边观察了一下，一张方桌上摆放着一些法器，有神扇、铜铸的神铃，有签筒、神枝等。只见身穿民族服饰的歌者先出场，歌声嘹亮而富有感染力，在歌声的召唤下，两个身穿黑袍，腰间束着红腰带的彝族毕摩上台作法。他们升起了熊熊火焰，当场在祭坛上杀了一只鸡！他们口念经文，舞扇摇铃，腾挪跳跃……

在云南彝族毕摩的招魂仪式后，开始了长诗《0 档案》

的朗诵。千夜黑上衣配一袭红裙，显得格外庄重，与虎良灿的黑大衣很搭，在舞台上特别有仪式感。曾克、王革一组则是灰调。

整个朗诵过程中于坚始终坐在舞台中央的黑暗处。轮到他了，他从黑暗中走出来，向前迈几步，站定，念起了卷末部分。他用云南话朗诵，混乱着又清晰着！

由移交人和接收人签名 按编号找到他的那一间 那一排
那一类 那一层 那一行 那一格 那一空 放进去 锁好
关上柜子 钥匙 旋转 360 度 熄灯 关上第一道门
钥匙 旋转 360 度 关上第二道门 钥匙
旋转 360 度 关上第三道门 钥匙 旋转 360 度
关上钢铁防盗门 钥匙 旋转 360 度
拔出

于坚说，诗必须行动。诗起源于祭。祭发生在一个场域。只有在祭中，在场内，修辞立其诚，诗的宗教性才能发生。新诗是一场复活，重返现场，重新行动。明美术馆，本是一个车间，车间本身就是教堂的废墟式转喻，废墟意味着场的复活，在这里念《0 档案》非常到位。

千夜在活动结束后对我说，感觉自己念得很顺，一切自然而然。她一直牵挂着那只鸡。后来，她写了《一只死

在美术馆的鸡》:

本来它是要被拉去菜市场的
现在
它站在
明美术馆的舞台上
众多诗人面前

它踱步　跪拜
磕头
四方众神，两个
毕摩唱

“你的一生啊，像太阳一样，辉煌度一生……就像空中月，一生做明人……就像山中虎，一生多威武……就像山中豹，一生所矫健……就像山中狼，一生多勇猛……就像山中熊，一生多憨厚……就像山中獾，一生多威风……就像小蜜蜂，一生多勤劳……就像那春蚕，一生多勤奋。”

磕头，指路。再
磕头，送灵。再

磕头

招魂

《0档案》国内首次长诗朗诵
现在开始

忆丁锡满先生

生活中有一些偶遇，让我相信，生命中有一段时期就是为了这种相逢。

我是在上海造币厂的一次活动中遇见丁锡满先生的。丁老小个子，圆脸，戴副眼镜。其实他眼睛挺好，能看清报上的小字。

在上海造币厂会议厅，他即兴挥毫写下“造币造福，利国利民”，大字行楷宽博、竣劲、纯朴。我们一起看馆藏钱币，我跟他说了自己在做访谈，他给我支招。丁老说话直接、真诚、坦率：“做访谈呢，功课要做得好，资料看得多了，访谈时便谈得出来。”他还说：“我虽然没看过你的文章，但看了你的书法，觉得你文章写得好的。你的访谈还有其他的文章都可以拿给我看看。”

2015 年 2 月我访谈了丁老，地点在他家附近新开的咖啡馆。我提出到他家里去看看，他讲屋里龌龊来。我说可以请清洁工打扫，他说要钞票伐拉。丁老告诉我他的入行老师是田遨，他进解放日报第一天就跟田遨学做国际版编辑，同住在汉口路外滩一间集体宿舍里，谈天说地。

我忽然想起若干年前，与亲友去访一位 94 岁的沪上名医，在老中医家看到梅、兰、竹、菊四条屏，落款是田遨。丁老便说我带你去田家。第二周我与丁老约好一起去拜访 98 高龄的田遨先生。我拟订辆专车，丁老坚决不同意。在田老家听他讲述 1960 年他被调出解放日报，到美术电影制片厂当编剧的始末，丁老在一旁不时地大声补充和做“翻译”。

告别时，田老儿子谢光明感慨道:“前次见面后，我爸晚上都没睡着，听说丁老生病了，也不清楚什么病，要紧么，晚上就一直在想这事。”丁老笑嘻嘻地说:“我这是癌，直肠癌，在医院里住了三年了。不过没啥大不了的，这病发展慢，现在吃药，没事！”

先前，我只知道丁老在医院治疗，吃一种进口药控制病情，他轻描淡写的，具体我也没问。我这才知道这么一个癌症病人，从医院里跑出来陪我去采访田老。

我与谢光明约定 3 月 23 日再次采访田遨。那天上午，我赶去的半路接到丁老电话，说晚上读了田遨诗词，你可以问问他对诗坛的看法，是否关注新诗的创作等。一会儿又收到短信一条：

诗坛很悲哀，要靠我睡你你睡我来刺激诗众，要靠残疾人、劳苦大众、最可怜、最无助、最值得同情的怪异人士来拯救诗坛！

他指的是脑瘫诗人余秀华，此处略去若干字。我先写了篇推介田遨诗词的文章《夕阳红半树》，首发于《书法导报·文史苑》。丁老看过后立即推荐给了诗词学会，后又写了篇专访《孤雁一声，嘹呖天边》交给了谢光明。丁老几次催我拿给他看。2015 年 4 月《炎黄子孙》刊出了《期颐奔马说田遨》，等我拿到杂志已是一年后，方知是丁老推荐发表的，而丁老与田老都已仙逝。

丁老有“崇老”情节。《猎报五十年》“报人”所写都是他尊敬和看重的人物。他与新闻界、文化界的很多前辈结为忘年交，他敬他们的德，敬他们的才，敬他们为人类的文明作出的贡献。谈到范长江、陆诒、许寅、谢天璬（田遨）、张乐平、贺绿汀、黄佐临、乔奇、俞振飞、范瑞娟等，他总是重复一句话：我对他们很敬重。越有学问的人越没有架子，不因为我是小辈看低我，都对我很好，把我当朋友看。

丁老说自己没学问，看他的文章有“欺骗性”。其实他这个人倒是有欺骗性，看长相以为他六十岁，听言谈以为他五十岁，什么超女、脑瘫诗人都知道。他走起路来很快，总是迈开健步，咚咚咚地走在你前面，一愣神的工夫他会把你甩出半条马路，很难相信他 80 出头了。

丁老也很有趣。一次，书协潘善助请丁老和我去静安寺吃素斋，丁老净挑“三文鱼”吃，吃完说原来是假的呀。还要小火锅，我说这里的火锅不会好吃，他说吃吃看吧，果然吃的是“服务”。最后他一下吃了两个冰淇淋球，偏爱草莓口味。

他的文章更有趣。平常的事物，一经他的妙笔“点石成金”，便谐从中来，意趣横生。他写在万体馆看谭咏麟唱歌，一片起哄、欢呼声中，一个女人冲上台，抱住偶像，像一只饿极了的狮子攫住一块鹿肉，大啃特啃。女人荒诞滑稽的行为令人生笑不止。丁老的杂文切中肯綮，轻松有味，缘于他对社会现实有相当犀利的了解。

丁老讨厌说教的文章，讨厌打官腔的人。这个半世耕耘报苑的老报人说，如果没有记者的良心，没有社会责任感，写不出什么好东西，人云亦云，钝刀子割肉，不痛不痒，隔靴搔痒，这种文章没什么看头。他认为文章写得比较好的都有幽默感。丁老欣赏林放的平易、深刻，沙叶新的诙谐、风趣，还有《解放日报》的季振邦，他的文章平中见奇，轻松幽默，有味道。

丁老最怕为人作序，结果还就出了本《为人作序》，洋洋洒洒 20 万字。他说，世上的事真怪，越是害怕，越会面对。他写序有三种情况：一是情愿的，积极的。二是读后有感，有话要说，借题发挥。三是情面难却，勉强为文。记得一次我送稿给他，顺便问晚饭吃啥，他说去饭店，再问，原来请客者——请他作序也。

我与丁老的每次见面都极亲切亲近。

2015 年 9 月 15 日，他在华东医院回复我："在吊针，狼狈不堪，最好中午不要来。"我还是来了，他很高兴。他说，侬晓得吧，我肠子现在没病，药都白吃了，只可惜浪费了很多钱，现在转移到了肝和胰腺。又说换了一种药，效果不错，指标下来了，笑言自己的身体是几路集团军在打混战。

10 月，他电话里说："我感觉还可以，有人请我吃饭，我还偷偷从医院里溜出去呢！"我一听便也放了心。然而他的微信自 11 月 29 日便停止了更新，永远停在了"番茄减肥，绿茶抗癌，十种每日必吃食物"链接上。

12 月 10 日，华东医院。丁老脸色青白，已不能说话，左腿没有知觉。他听到了我的声音，我握住他的手，他用力回应，我的手冷的，他的手热的，只一会我发现我的手变得很暖和，是衰弱的丁老在传递给我什么吗？一旁的王柳媚忽然说了句：冬至是几号？

丁老挺过了冬至，选了一个平安夜，在一片祈福声中走向悠闲，此生不再忙碌。

琐忆白桦先生二三事

白桦先生走了，真没想到2018年11月20日去华山医院探望他，是最后一面，那天真巧是他89岁生日，赶紧献上一束鲜花。其时他在病床上昏昏欲睡已经不能说话了。

2017年9月16日上午，我也买了一束鲜花，我挑中了11朵红玫瑰加粉百合花束，从赵抗卫先生处得知白桦住在华山医院6号楼，病得不轻，又听他家阿姨说是肺炎。千夜便与我一同前往。千夜作为《诗歌报》编辑曾编发白桦诗作《你们和我们》。我们到了17层病房，见白桦睡着了。有位护工阿姨在，我说不要叫醒他。阿姨告诉我禁食，这几日吊消炎药水，又说消化道出血，所以插上管子了。说着，千夜用手摁了一下被褥，白桦眼皮抬了抬，他听见我们说话了，示意阿姨帮助他翻身，他对阿姨说“他们是我朋友”，声音很微弱，我的心头暖暖的。

我说天靖发短信问候他，千夜出了诗集《多少蝴蝶》。他很高兴，让千夜在自己的病榻前朗诵了一首《爱情》：

多少蝴蝶
一生都找不到和自己翅膀一个颜色的花朵
最终
她们选择匍匐在一块石头上面
成为化石
今天
一朵花对一块石头动了心

白桦笑眯眯地连说好！好！好！这样的笑容，我有很久没见到了。我说昨晚读《指尖情话》到凌晨两三点钟，想邮购他的书，网上只有《长歌与短歌》等三本，终于在孔夫子旧书网上买到一套《白桦文集》签名本，分三卷，卷一长篇小说、卷二中短篇小说、卷三诗歌散文随笔。说了一会儿话，见白桦很累的样子，我们便告别了。

记得早春二月，我与天靖、千夜去白桦家，他正坐在轮椅上守着门口翘首以待，天靖责怪我迟到了一刻钟，让老人家盼。房间里春暖花开，有我带去的蝴蝶兰，养在盆中的大朵月季，窗台上不知名的小花开在瓶中。白桦曾无比伤感地说他坐上轮椅是“一秒钟的错误”，为提一个氧气瓶导致腰椎损伤。天靖读了一首他新创作的给白桦的诗《你站起来了》，随后我读了千夜的诗《为了一份黑椒牛柳饭》。白桦告诉我们，他儿子也写现代诗。我们还提到了海上三剑客杨正新、陈家泠、张桂铭，我说张桂铭去世了，白桦便打听张先生是怎么去世的。言谈间不知怎的又提及丁锡满先生，白桦说 80 年代丁老来过他家，他指了指窗口，丁老就在这边和他说话呢，当时丁老是市委宣传部副部长。我说丁老可喜欢书法了，我和丁老互赠过书法作品。

我手机里也存有白桦的墨宝，他看过后说第一张真，第二张假。其中一件书作“人生若溪，坎坷为歌”，小行草，写得轻松洒脱。我猜白桦先生喜欢黄山谷，他眼露喜悦微笑颔首，说身边已经没有书法作品了，记得有一副对联在劳动报梁志伟处。这我倒是见过，梁老师挂在文博堂二楼的“圣火与净土之吻”，千夜看过后说了两个字“惊艳”，潘良桢先生赞道:“真诗人！题词如此切合！”白桦说，他家楼下住着一位大书法家胡问遂先生，可惜老先生已经去世了，我说胡问遂先生的书法是“正大气象”。

白桦先生是诗人中的诗人。我读过他的 264 行叙事诗《从秋瑾到林昭》，此诗曾在《文学报》刊发，10 年磨剑成绝唱。初稿从 1997 年 7 月 15 日至 2007 年 7 月 15 日秋瑾在绍兴轩亭口就义 100 周年祭日，白桦为林昭立了诗碑，其锋芒直指民族的种种劣根性与那个时代的黑暗！真正的诗人应承担什么，歌哭什么，一生追求着什么？作为“诗人中的诗人”白桦作出了掷地有声的回答。诗人屠岸说《从秋瑾到林昭》所代表的是中国知识分子——中国人的最高良知，是人类灵魂的最终颤动！

千夜的公众号“诗的荷尔蒙”做过白桦专辑《叹息也有回声》，关于叹息也有回声，白桦在 2013 年 10 月曾写过一段文字：

我在很小的时候就不自觉地有了叹息的习惯。不论在什么场合会冷不丁地发出一声长叹，使得第一次听到的人大吃一惊。有人会说：这孩子，小小年纪，心思为什么会这么重！但那时我就知道，当一个孩子刚刚听懂人话的时候，就面临国破家亡的危急关头，救亡已逝燃眉之急，能轻松得起来吗？但我万万没有想到叹息会伴随我到垂暮之年。我承认，叹息是怯懦和无奈的流露，有修养和有城府的人，会把叹息压在声带以下。而我，叹息成为了习惯。我哪里知道，叹息还有回声。而且往往都是风暴一般的回声！

曾经在一个微信群里看到《文汇报》拒绝转载批判《苦恋》文章内情。今天那个写苦恋的老人走了，叶永烈回忆：他在“苦恋”中守望底线。修晓林说：中国当代知识分子的正直、担当、才华、脊梁！白桦永生！

一些媒体陆续发表了悼念文章 ，有说白桦是苦难一代的突出代表，有说他是中国作家的孤独代表。银河厅，白桦追悼会告别仪式现场。今天这里人不算多，也不必多，这正合先生的心意。

夕阳红半树

有位老人，第一次见面赠我平安、如意四字。

我谢过他，回家后把平安、如意夹在《梦神走笔》中，四年过去了。

今日在笔墨博物馆，见到了他故乡来的人，见到了他的著作书影、笔记手迹、诗词书画。

墨痕如梦，梦如烟。这是田遨先生题画中的诗句，写于甲午春月。

乙未春月，田遨先生家明净的窗前，风吹过簌簌的树枝，太阳在枝桠间闪烁。田遨且笑且谈。

谈过去的事情。

谈诗，谈诗坛新诗与旧诗之争。

又从诗之美谈到书法之美。

98 岁的田遨，窄脸，额头高高的，穿一件红色中式棉衣。耳不聋，眼不花，才思敏捷，记忆力惊人。在田老家听他讲述1960年他被调出解放日报，到美术电影制片厂当编剧的始末。一旁的丁锡满先生怕我听不明白，在旁边大声地解说和“翻译”。丁老说他的入行老师是田遨，他进解放日报第一天就跟田遨学做国际版编辑，同住在汉口路外滩一间集体宿舍里，谈天说地。

今日在笔墨博物馆，见到了他俩的合影。放在橱窗里，笑语盈盈。

墨痕如梦，梦如烟。

第二次见面，田老赠我对联“群鸿游海天马行空”。

我的名字中有海，田老属马。

我说:“您的书法越写越好了！”

他说“我是瞎写的。”

我问:“您书橱里那么多的奖杯，最看重哪个奖？”

他答:“奖嘛，无所谓的。”

田老又赠我《梦神走笔》。《梦神走笔》是诗集。集中有梦。

有两种梦，梦之一，是诗歌。梦之二，集中收有《梦游者呓语》一篇文字。谢灵运“池塘生春草”得之梦中，遨诗大半成于枕上。我理解当是在半梦半醒之间，梦就是一个意象生产机，梦里的一切在流动，梦的羽毛拂过之处就会开花。田遨自己说:“真是说梦话了。梦话不受拘束，可以放言无隐。当然正言若反，负负得正，有‘反常合道’之意。”

那天告别时，田老儿子谢光明感慨，父亲晚上写诗躺在床上想，想着想着睡着了，早上起来能完全把诗写下来。文章写好了，人家媒体来要，他都不给，还就是不让发表，写了那么多好诗，外面知道的并不多。

今日的笔墨博物馆，笔墨两字，笔墨文缘、笔情墨趣、笔墨语言，把俗世的尘嚣隔绝在外。我见到了田遨与海上名流周退密、王西野、喻蘅、苏渊雷等先生的唱和题赠，见到了他的尺牍、对联、条幅、横批。他的行草重气势和韵味，以颜立骨，用笔外拓，兼借何绍基趣味，潇洒恣肆;行楷稚拙含蓄，一派静气。田老主编了上海市文史馆员诗词选集《翰苑吟丛》。吴孟庆馆长回忆田老那年九十高龄，因小中风手足不便，却在盛夏，穿着被汗水浸湿的短衫和短裤在工作。田老给吴馆长写信说:有的手稿字迹漫漶不清，有的则有错讹，不少作品的写作时间和背景未作交代……为不负领导付托之重，我是竭尽全力从事这一工作的。

我还见到了田老生前未发表的遗诗文。

“诗品可见人品，知音贵在知心。多少应制应景，与诗总隔一尘。”田老不愿写应景诗，是不愿迎合某种趣味。

蒙赐《田遨丛稿》：小说、童话、剧本、古典文艺研究、杂著、序跋随笔等，作品20余种近200万字。有专家评田遨写小说，新意迭出，善于将历史人物、历史故事加上自己的考证，用新的视角观察历史风云，透视人生浮沉。

他的《论书读画》(2001年)180首，或议论书法精义，或专评书家特长，或记述历览所感，或慨叹书迹沧桑，篇篇富有诗味，彰显了文化学者对书画艺术的潜心独见和全面学养。

更多的时候，他写诗。

那天拜读了田老新作《人人心上有一盏灯》。他说，谁的心上没有一盏灯？发光体不同，有的光是耀眼星座，有的光是萤火虫。他写下了“我有心灯时尚幼，一生种树做园丁。”

我问：还记得您写的第一首诗吗？

田遨：我11岁那年，看到夕阳红彤彤地照在树上，写了一句诗“夕阳红半树”。无前句也无后句，后来凑成了五绝“故乡多乔木，我在其中住，童音第一声，夕阳红半树”。

今日在笔墨博物馆，田遨的四弟谢雅会先生说，田遨98岁春节后绝笔诗中有“敢从海派夸高下，不与别蹊论短长”之句。从他第一首诗到最后一首，创作长达80多年无间断。他从诗乡济南历城区走出来，齐鲁文化哺育了他，又长期得益于海派文化的浸润。

我想起他写《上海赋》的序《感动于充实之美》：充实之美似一首史诗，诗中“望星空”。他的诗将他的梦添上了一对翅膀，目光渗透到了万物的内心里。

除了论诗题画，与友人唱和，游历山水，田老的诗还涉及生活的方方面面。比如岁终结算、室内装空调，甚至看到报刊、画册上的错字，以调侃之笔戏作绝句，写下了很多杂感。如《漫兴》

北国南来月乍弧，年年惯是一身孤。文章八九投秦火，风雨三千感客途。楼下花车知嫁娶，街头菜价见乘除。自知拙钝无他技，白发寒灯且著书。

遨诗海阔天空，说宇宙说历史说机缘说佛法。也常作自嘲：

狎我呼老谢，尊我呼谢老。狎尊无不可，细事随缘好。独与是非间，不肯逐妍巧。咄咄讶狂澜，行行寻芳草。自笑亦大痴，触眼空烦恼。无力却忧天，榛芜苦难扫。旁人皆大笑：果是一呆鸟。

诗中斥贪富、鞭陋习，谈形势、谈世风：

> 文化危机长，道德危机大。千古礼仪邦，怎容世风下？

读了田遨的诗，感觉虽是古体诗，却是与时代合拍的，不像有的创作者一味陷入古代情境，多了闲愁少了生活。写诗是活生生的现实在心灵上开出花来。

我手机里保存着田遨家墙上贴的《自画像》字幅。古拙自然，读来谐趣有味。

> 已是风烛残年，已是步履蹒跚
> 老马不甘伏枥，时时自我加鞭
> 当年南下一员，背包绑腿向前
> 十年报人生活，怪文滥调篇篇
> 忽成牛棚臭九，心境总能超然
> 空巢幸有晚辈，轮流侍我眠餐
> 平生痴钝疏顽，不肯一日偷闲
> 留点文化脚印，到死也觉心安。

与洛夫的一面之缘

2018 年 3 月 19 日凌晨，洛夫在台北去世，享年 91 岁。一代“诗魔”长眠于诗歌的春天里。

上午 10 点多我得到消息，询问台湾诗人方明，他告诉我，洛夫家人及他这周都陪老师，怕感染，不敢对外公布。洛夫是 3 月 10 日因气喘加重入院治疗，3 月 12 日因病情恶化转入加护病房，之后多沉睡，期间还能认出老妻、老友。3 月 17 日方明先生在洛老病榻前播放谭五昌教授“办好洛夫国际诗歌奖”之承诺，洛老点头言谢。

画家乐震文说：“太突然了，上个月我去台湾还去他家看他，临别时还拥抱了我。”他随后找出了洛老来沪时我们共进晚餐、洛老读诗的视频发我，看着洛老谈笑风生的样子，真不敢相信先生走了！

我和千夜做了洛夫纪念专辑，“诗的荷尔蒙”分两期推送。一期题目是《我死去，很快我又复活了》，我们整理了诗人、诗评家李天靖多年来主编的各选本，挑选出洛夫诗歌及品鉴。另一期题目是“缅怀洛夫 / 洛夫书信及书法作品”，由乐震文、张弛提供三人合作的书画作品和洛夫 2017 年 12 月 11 日的亲笔书信，并回忆了与洛夫的交往。洛夫在书信中提及新诗百年，北京几所大学与文学机构联合举办了“为纪念中国新诗百年全球华语诗人评奖”活动，他有幸获得一项“终身成就奖”。又 10 月 10 日庆祝加拿大 150 年建国纪念，特颁发给洛夫“世界华裔杰出领袖奖”，洛夫说又愧领了一份。

2018 年 4 月 11 日是洛夫公祭日，我整理了他的诗歌和书法作品，在上海市书法家协会的微信公众平台推送了“纪念洛夫”专辑。

记得 2016 年 11 月 25 日，洛夫先生在上海图书馆举办“水墨微笑——诗意书法作品展”。开幕前我早早地来到现场，领了本作品集请他签名并合了影，我写了篇短讯发在《书法导报》。展览展出洛夫书法作品 57 件，作品内容有唐诗，也有洛夫的诗作，包括一些别具禅趣的小诗。观赏其书作颇具书卷气，洛夫研习过《毛公鼎》，临《石门颂》集、怀素《自叙帖》、行草米芾诗等。长于魏碑汉隶，尤精于行草，书风灵动萧散，其诗意书法集立体诗意、社会关怀、人文思考于一体。

洛夫是一位前卫、先锋的现代诗人，为何又迷恋上了传统的书法创作？洛夫说，他是以写诗的思考方式创作书法。中国的诗歌和书法是两种最具体也最抽象，虚实相生的艺术形式，性质有颇多相通之处，比如诗歌中有着“想象空间”，而书法的留白也正是诗歌的要素之一，书法空间的创造使笔墨生机盎然。诗歌和书法本质上都是追求创造性的永恒之美。

我看了“他们在岛屿写作——无岸之河”以及“水墨微笑——洛夫的漂木时空”专题片。《漂木》是他在加拿大完成的晚年最重要的作品，长达3000行的诗篇抒发了诗人二度流放的漂泊经验和孤独体验，长诗《漂木》于2001年获诺贝尔文学奖提名。

展览期间，画家乐震文夫妇在衡山宾馆的璞玉艺术馆请洛夫一起共进晚餐。那晚书画界和出版界的朋友坐了一桌，我也受邀参加聚餐。那天洛夫身穿咖啡色西装，夫人陈琼芳一袭红色中装配黑色长裤，典雅大方。大家闲聊了一会，我提议朗读洛夫先生的诗歌，莫夫人高兴地说：“那是必须的。”我拿出随身携带的《洛夫的诗》，读了一首《水墨微笑》。坐在我旁边的是诗人、诗歌活动家方明先生，他台湾的“方明诗屋”经常高朋满座，他朗读了一首献给洛夫的诗。洛夫提及动画电影《大鱼海棠》的海报上引用了“水来，我在水中等你。火来，我在灰烬中等你。”我看过这部电影，画面很唯美，这句动人的诗出自洛夫《爱的辩证》，写作灵感来源于《庄子·杂篇·盗跖》记载的尾生抱柱故事。

洛夫朗诵《因为风的缘故》，我手机上网搜着了递给他，他戴上一副黑框眼镜便读了起来，声音浑厚，语速稍缓：

> 昨日我沿着河岸／漫步到／芦苇弯腰喝水的地方／顺便请烟囱／在天空为我写一封长长的信／潦是潦草了些／而我的心意／则明亮亦如你窗前的烛光……

读罢，开心地大笑，旁边的夫人陈琼芳也乐了，脸上洋溢着幸福与温暖。

莫夫人对洛夫的评价是：“厚道、热情又善良，一辈子不与人争执，只一心一意要留给后人经典而美丽的诗篇。”《因为风的缘故》是洛夫写给他太太的情书。2004年旅加音乐家谢天吉把它谱成歌曲，邀请国际知名女高音胡晓平等演唱。我印象很深的还有洛夫的《烟之外》，听过著名主持人董卿的朗读，声情并茂，但我总觉得主持人的舞台呈现哪里比得上诗人的原声朗诵好。

洛夫离沪后住在加拿大和台北，他一直没有停止创作，我看过他的诗稿手迹《雪》《夜归》《富春山居图的涅槃》等。《富春山居图的涅槃》是 2016 年 11 月洛夫邀访富阳后写的，该名画曾遭火劫，分裂成两半，半幅现存浙江博物院，另半幅藏台北故宫博物院，洛夫说此一名画之传奇，深刻地象征两岸的历史使命，深有所感遂含泪作成此诗。《富春山居图的涅槃》：

山，一直蹲在历史的熊熊
大火中发呆
守望着岁月日渐荒寒
而水，早已离我们远去
寻找它的故乡
故乡是云，是月
有时也是泪
江上的樯帆紧紧抱住风
抱住涛声，朝向
刻有我们名字的大地航行
突然，山从远古的时间醒来
四季都换了新装
换了不同的笑声
只是一到秋天
所有树的衣裳都被剥光

剩下一堆枯叶在火中沉思
烧秃了山
烧断了水
却烧不尽那惊心的传奇
饱含苦涩的深情，以及
我们心中永不化灰的风景

洛夫将诗写到了生命的尽头。至今我还能背诵他的《水墨微笑》

“不经意的 / 那么轻轻一笔 / 水墨次第渗开 / 大好山河为之动容 / 为之颤栗 / 为之晕眩……”静观、体味，欲辩已忘言。

忆张积杰先生

斑驳的墙上有两个大字“虎啸”。他属虎。

老虎具有栖息旷野的习性，有它广阔的活动力，然而这只老虎身体不好，腿脚不便，终日困于蜗居。

一只小彩电，一张床，一张小书桌，张积杰就在这不足十平方米的小屋生活、创作、会客。这样的生活空间，若创作大尺幅书法，则用一块板搁在两只凳子上，便可开写。

张积杰先生 1963 年毕业于上海外国语学院，原为中学一俄语教师，后在学校教务处工作,1998 年因心脏病从吴淞中学退休。因为是提早退休，工资很少 。家中还有一个因病常年在家休养的女儿，家庭生活拮据。他们住的那栋楼是助残楼。

早年我与他同在海滨中学，他给我刻过一方姓名章，用齐白石单刀法。我也曾请他写过某作家著《秋雨潇潇》的书名，“秋雨潇潇”四字是左笔书法，灵动而洒脱 。他调往吴淞中学后，我们之间的联系便不多了。

我接触书法以后参加宝山画院的活动，每次见到他都感觉亲近。

他有一本用裁余的废纸装订的笔记本，上面有他研习书法的心得，也有从报刊杂志摘录的易写错的繁简字及各类错字，这些他在画院义务讲课时会派上用场。记得一次上课，他说书法是字、文、书三位一体，语境不同写法不同，他例举了“后”字，“皇后”与“後来居上”的写法不同。读音不同，意义不同比如“发”字，“头髮”和“发展”的写法也不同。为了这样的一堂课，他充分地准备，处处留心。大凡书界某名家写了错字，错在哪里，为啥错，他都遇错必纠，有疑必答。直至年迈体弱，也从未中断过书法讲课、评论和纠错，大家戏称他是文字“啄木鸟”。

我去过张积杰家多次。斑驳墙上的“虎啸”两字，一如既往，虎虎有生气。而身旁的张老师日渐衰弱，已基本不出门了。倘天气晴好就拖着病腿在院子里散步，也走不远。

每回见我去了，他都很高兴，拿出研习的书法，告诉我近阶段读了哪些书，临了哪些帖。张积杰喜欢雄强、厚重和朴拙一路的书法，他 1973 年开始习字，写郭沫若体，

1984 年起私淑费新我。费新我五十六岁因患结核腕关节炎，致使右手病残而改左手执笔。而张积杰是左右开弓，左手学费老，右手习诸家。

据他自己说:“左手写费字开始纯粹是好玩，觉得还行，岂知上手后困难重重，右手的习惯意识，左手的别扭感不时表露出来，差不多经历了一个小学生学写字的全过程，靠意志坚定、持之以恒，克服了一切困难。”最困难的是费体大章法，他在实践中悟出读帖和临帖要注意行气、左右呼应、揖让得体。创作时要用自己的语言来表达，放开手脚，不要拘泥于费体的规律，所谓“过河拆桥、我行我素”是也。经过十几年的努力，他临写费新我的左笔书法几可乱真。他心仪周俊杰隶书的果敢、老辣、刚狠、奇逸，潜心临摹，花了两年时间作品入展第三届上海市书法篆刻展。

他亦喜陆维钊先生之扁篆。2016 年夏他给我寄来了苏轼句“出新意于法度之中，寄妙理于豪放之外”，以及当月他在《海上画会》发表的《非篆非隶、亦篆亦隶的扁篆》一文。另附一张小纸片，抄录了“张积杰创作扁篆 90 字要点”，如下:“折格而不严遵，用以谋篇布局。字距一字许宜，过长显得松散，过短则感局促。字有扁方长者，亦有小瘦胖者，逢扁下字上提，遇长下字落下。瘦小字左右占，行距疏密有致 . 数量词可合文。如此这般书写，参差不齐可成，生动活泼显现。”

我收到后有些诧异，心想我又不研究扁篆。如今想来，积杰先生对书法执拗的热爱，是要把自己的研究成果、心得与大家共享。他体弱多病，经常吃几种药，年过 70 渐趋老迈，但一谈起书法，两眼会放光。他有着不做好一件事情不罢休的性格。当然他的坚持己见，有些时候显得不够圆润。有一次笔会邀请他参加，实则也是想接济他一下，却被他果断拒绝了。他说自己腿脚不便站立着写不好字，也不擅长当众创作，其性情的耿介、清高可见一斑。

作为一个自学成才的书法家,2010 年画院朋友张乃见先生等人筹资为他印了《张积杰书法集》，他非常高兴地赠送了我一册。他在“后记”中说:“我已年过七旬，字没有写好，又未具自家风貌，更未开宗立派……”

2011 年 ，中国文化史上发生了一件大事，从西汉海昏侯墓中发掘出了很多竹简。我去江西博物馆参观，大开眼界，上面竟然保存了《论语》《礼记》等重要典籍的早期版本或者已经失传的篇章。上博专家的楚竹书研究重点是在文字和文章上，而在书写的研究方面，书法界从理论到实践都落后了，书写恰恰是竹简研究最重要的内容之一。2011 年起，张积杰致力于研究战国楚竹书，他从图书馆借来相关资料复印后装订成册，常备案头。我在想，也许是楚人在艺术创作上崇尚新奇，有个性，因此书写楚竹书能最大程度地调动积杰先生的激情，而且楚竹书的古拙、笔力劲道且不失雅致也契合了他的审美观。

在探索创作楚简书法的这些年里，每次见面大家总能听到他谈自己的研究体会，也会得到他赠的近作，他总会在一张纸片上附上释文。他创作的楚简书法《渔歌子》至今挂在我家的墙头，落款禾人张积杰。

2017 年 8 月 30 日晚积杰先生不幸因病去世，临终没来得及留下遗言。

在翻阅他赠送的书作时，我发现了一套书签。材料是中药盒子改制的，这种盒子的质地挺括，一面贴上白纸，两侧划上红色竖线。正中央写着四字成语，这是积杰先生亲手制作的。我爱收集各类书签，那种镂空的金属书签梅兰竹菊，复古而精致，但从没有哪款让我如此珍视。

“知白守黑”“宠辱不惊”“气若幽兰”“芳草长滋”“高山流水”等字，笔走龙蛇，手泽犹新。然斯人已逝。

记　梦

梦是离奇的匪夷所思的。很多时候，梦好像废墟地层的东西重见阳光，把久远的已经遗忘的翻了出来。做梦肯定不能算是能力，但某种东西通过梦来沟通，梦成了一种介质，把未知的提前告知，想来也是离奇。

一个值得记录的梦例。

透过虚掩的门，我看到一只皮毛华丽的老虎，在屋内。桌子底下有一副骸骨，不，应该是半副，只剩了头颅和胸骨，森森然。我勇敢地上前，用戴了类似拳击手套的手撑住老虎的大口，质问道：这是谁？为什么要吃他（她）？老虎开口了，清晰地报出了一个我至亲的名字，说因为她是我的好朋友，她很善良。这时，我妈从门外进来，梦消逝了。

依的生日快近了，前些日子家人商量拟在店里摆两桌，一桌亲人，一桌同学。忽然就做了这样的梦，觉着凶险。闺蜜小方帮我去问茅山阿姨，阿姨点上香，看见我家的老祖宗都出来了，说这是一个坎。

为解梦，我们去了一次茅山。一户农家小院，很热闹，一些人来了又去了，问什么的都有。几位义工正忙着打扫卫生，或帮忙煮草药。草药是阿姨去山上采的，周边的村民家里也都架口大锅煮着草药。我看见财神庙的道长在，他一早就来了，正往瓶子里灌装自已喝的药。道长三年前得了胰腺癌。阿姨白天问诊，晚上采草药，每天只睡两三个小时，人却很精神，神了。我接触过几位这样的阿姨，的确异于常人，尤其是眼神，问诊时眼神凛凛的，她们都是被菩萨选中赋予了某种能力的人。听说这些日子阿姨忙着与各方接洽，商谈造庙之事，造庙是她一直以来的夙愿。

阿姨点香，发功，双手像是抱着一个巨大的球体，她要把一切污泥浊水推倒，慢慢地艰难地运转着，似乎很重很重。突然，阿姨一个趔趄，摇晃了几下摔倒在地。地上放了一床被子，阿姨要在上面躺三天三夜，才能云开雾散。阿姨倒地后，我们的车子径直往上海方向而去。阿姨关照过，无论看到什么，都不要出声，不要回头，回家。

回家后，依发起了高烧，昏昏沉沉。几日后的一个夜晚，她手里拿了几样东西，说看了难受，赶紧扔了。一个断臂维纳斯模样的小人，没有脑袋，有也是开花的。这本是一件精致的饰品架，在运输中头身分家了；一件小沙发，紫色的缎面镶着几朵白花；一张“捕梦网”；一个白色花瓶，瓶颈长长的，缀着几朵球形的白花。依说，在一位老师家里见过一模一样的花瓶。我一惊，这位老师前些日子重病，手术后正在家里休养。所有这些小礼物，都是依依生日那天好朋友们送的。编织“捕梦网”的那位姑娘，觉得送别的都普通，便一晚上未睡，亲手制作了礼物并起了个好听的名字。这哪是什么“捕梦网”啊，分明就是一个花圈，下面还飘着几根飘带。瘆人。既然这些作怪的被找出来了，那就踩在脚下，统统扫地出门。

至此，梦的元素“好朋友”得到了确证。这些东西正是通过好朋友的手带进家门。住处是临时借住的，一个朋友的住房。附近有铁轨，每晚都有几列货运火车路过，发出隆隆的声音，我把住所称为“隆隆阁”。

布达赫认为：当我们悲痛欲绝或竭尽全力要解决一些问题时，梦所能做的只不过是进入我们的心境中，以象征来再现现实。

梦中的老虎象征某种威力，压倒一切的威力。一只皮毛华丽的老虎，母老虎。桌子底下的半副骸骨，是梦突出的元素。梦象通过图画方式来描绘一个事件，清晰鲜明，没有纰漏。至于我妈，她自诩是依的保护神，保护神一出现，梦便结束了。

闺蜜说这个谜一般的梦乘虚而入，跟我的体质有关，又说，我有佛缘。

书院人家

车往临港书院人家走，路越走越开阔。

冬天，绿色不再浓郁，喷泉从一个个圆形大水缸中喷出，一丛挂满鲜红野果的小树旁逸斜出，白墙黛瓦，漏窗飞檐，文人情趣的竹石，丰收连廊，还有水车、磨坊，那种独特的乡野韵味，久违了。陶渊明的“暖暖远人村，依依墟里烟。狗吠深巷中，鸡鸣桑树颠”，恍若重现。

外面下着雨，桌面有温馨提醒，“我在衣橱里”。轻轻撑起伞，一幅灰白色调的水墨画，上书“幽幽静静江南景，流水小桥别样灵，如诗如画如梦里，淡雅素净自怡情”。不是什么名家诗，却如同这里的一切，没有那么高大上，多了一份自然、纯朴。

走过小桥流水、青砖小径、会场、房间、餐厅，我走到任何一个地方，都能见到它，一个经典的LOGO标识：“書”。这个标识出现在全国第十一届书学讨论会会场的大屏幕、各类海报、会务手册上，出现在与会者手持的长柄雨伞、笔记本、茶具上，出现在路边的电子导向牌上。餐毕，它就在独立的牙签包装上，卫生、小巧又贴心，你会把它揣进兜里吗？

好亲切、好熟悉。这里是一个怎样的生活空间，有着怎样独特的印记？

会场的椅子都套上了雪白的布，系上一条蝴蝶结，银色爱心扣点缀，如蝴蝶兰。11 月中旬曾在这里悄悄地举行过论文评审工作，采用全蓝色调，蓝色——一种大气庄重的颜色。今天的开幕式，隆重、严肃又带着喜庆，有些书家的论文入选要现场交流，那么，就让颜色跳一跳吧。主色调是红的，红蓝相间，庄重又大气。参加这样的活动，你是否会有一种仪式感？

服务员给大家沏上一杯清茶，“尘虑一时净”，在氤氲的茶香里沉淀心情，碰撞出思想的火花。会间休息时，想喝咖啡提提神，有个大叔特意递上一把小勺子帮我搅匀。望着这些淳朴的面容，竟然感觉到比那个星家的咖啡要好喝！橘园餐厅那边，几位本地师傅戴着厨师帽在大锅前忙碌，不远处有个保洁阿姨在清扫落叶，一切井然有序。

李芳女士是“书院人家”的总经理，一头短发，清丽干练。她告诉我，最早他们做休闲农庄，就是要把原汁原味生态的东西呈现出来，花了五六年的时间来实现。之后他们觉得将农、旅、文三种业态融合创新，里面要加一些灵魂的东西。

是的，如果一个农庄的文化是空洞的设计，没有灵魂是有缺陷的。回归宜居的“家”的功能，回归人的真实本我，其实不需要什么气势恢宏，只需践行简约而舒适的中式美好，道法自然，缔造精神家园。于是，经营者骨子里的乡愁和文化回归的前瞻性思考让他们陆续引进文化品牌，为大家提供一个展示、学习、交流和共同提升的平台，也不断提升内在的服务品质。我了解到，近年来，上海东南书画院、“朵云艺苑艺术创作活动基地”、“复旦大学国学堂书院基地”、女子馨然会等相继落户书院人家，开讲座，讲《论语》《红楼梦》，办沙龙、笔会，搞书画展览，实地考察交流，智慧精英汇聚，将文化植入生活方式，“书院人家”这个名字简单却深厚。

李芳在微信圈发过一个帖，其中有段话打动了我：曾经有一个人问我，你最喜欢什么，我说喜欢手表，喜欢手表上的时间，因为在这个世界上只有时间不会骗人，只有时间才能证明一切。

我在想，高雅的艺术文化，通过相互之间的联姻，滋养心灵，让人文精神泽被后世。相信若干年后，这儿的青山绿水、一砖一瓦甚至老井、篱笆，浸透了浓郁的人文气息，承载、延续了人们的记忆、祝福与一方水土的历史。

老街偶记

前几日，在太仓沙溪古镇闲逛，见一家江南民间现代诗歌馆，白桦先生手书的九个行草字洒脱、放旷，有一种飘逸之态。而且，字是绿色的，湖水般的绿，绿得自然，让人感觉到倘缺乏“绿色”，什么都会变得岌岌可危。老街也是，生命也是。忽然发现“老街”与“现代”，真是难得的和谐。

我拍了几张诗歌馆的照片，诗人郁郁见了，问起堂主，我说未见，门关着，很有些冷清。他回复了三个字：诗不在。

诗不在，诗人在否。诗人远游去了，诗心还在。在这个场域，曾家桥南堍的这幢临水小楼，曾经有过诗歌。有过就行了。

我百度了一下，江南民间现代诗歌馆由镇政府出资建设,2011 年 5 月 27 日开馆，收藏展览珍贵诗歌资料千余件，馆内诗歌氛围浓郁。古有文徵明作沙溪十咏；今天“梅村诗社”在诗歌馆内。

想象一下这里曾经诗意盎然如春意盎然。诗人在这里诵诗、畅饮、欢聚，谈天说地，听百年风雨声。听他们说话，感受到他（她）的气息，反感什么，喜欢什么，矛盾与困惑，反观与自省，都有自己的表达方式。白桦先生曾经说：文学不仅是一种形式，也不仅是各种各样的形式，它是内容，主要是情感、感悟与爱。

我这边在观察一位 9 旬老者有着“复归于婴儿”的那种状态。那边，朋友圈有人说这是顾阿桃的故乡，这个名字大概就我们这个年纪的知道吧。有人补充：顾的事迹是叶群搞的。我惭愧自己不知道，赶紧问度娘，当年这个叫顾阿桃的农妇目不识丁，被叶群培养成了学毛选积极分子，一跃成为红遍全国的政治明星，还受邀参加国庆观礼。于是太仓有个沙溪，沙溪有个洪泾村，洪泾村有个顾阿桃出了大名。“四人帮”被打倒后，她从天上回到了地上，晚年在沙溪街头摆摊卖棒冰贴补家用。如今洪泾往事馆还存放着顾阿桃的照片，但因为要 15 元门票没人进去看，没进去的人都没有见到那个大大的红色的“忠”字。

在乐荫园，我见到一座宋碑，为赵匡胤八世孙赵伯旺的墓志铭碑，距今有 750 年历史，碑文早已漫漶不清。宋碑前每天有人站立或路过，尘世间也不知换了几茬天，换了几茬人。忽然碑旁土穴传来几声蟋蟀的鸣叫，深秋，寒蝉已噤，只剩下蟋蟀在凉风中孤吟，细听，落寞而无奈。一样落寞的还有老街的古民居，这里残存着太仓民国时期的一些最大商号的痕迹。

沿着古街走，路边有各种市井人物的铜像，各有各的姿态，拉车的补锅的修鞋的，我知道，里头没有顾阿桃。

看着街景，就像看着一段一段历史，我们经历过的一切，从伤口和唇间涌出来，我发现，了然于心的比语言更多。

七宝之行

七宝因镇中流贯东西的蒲汇塘而别称“蒲溪”。车到七莘路，过一座小石桥，曲径通幽处便是我们此行目的地——“上海市书法家协会七宝创作基地”。

这是一幢两层楼阁古建筑，原是斗姆阁，据说是为了供道教的斗姆神而造的，现在仍保留着明清时代的沧桑本色。有些斑驳的牌匾上，赫然是五个多体书法大字——“蒲溪书画社”，在古木掩映下显得古朴宁静。西侧两棵高大的银杏树，兀自伸长了虬枝拥抱天空，七百年来静默不语，尽得天地风云之气。

站在二楼的回廊，两边绿树修竹，雨后的小道湿湿的，散布着几许青苔，可以嗅见青草的气息，那种清冷甚至有些寥落的氛围，让心沉静起来。环视陈列一室的字画，满目珠玑，沏一壶清茶，围坐品茗论道，别有一番情趣。

午餐在塘桥饭店，是个临街傍水的好去处。木质轩窗敞着，窗格雕镂颇细，微风拂过，蒲溪河波光粼粼。几只游船（我更喜欢称之为画舫）摇起橹桨，悠闲地在并不太宽的蒲溪河中荡开去，缓缓地穿过桥洞……真正是“杨柳披烟看帆影如画，鹁鸪唤雨听橹声似歌”。望过去，蒲汇塘桥和另一座桥跨立河上，又分明是李白‘双桥落彩虹”诗句的意境。

美景当前，我把焦距对准塘岸，亭台楼阁，柳丝袅袅，沿河而筑的民居白墙乌瓦，在细雨中静默着。河边茶肆珠帘半卷，或三五知己围坐品茗，或闺中密友嗑着瓜子谈天说地，隔窗就能见到静静流淌的河水。摆几碟好吃的美食，蘸着秘制的酱料，就着七宝黄酒，夹一块白切羊肉，味道很赞。一行人边吃边聊，谈兴渐浓，聊古镇历史聊名人书画，什么都可以聊，什么也都可以不聊。

如果不是要赶往七宝书法艺术馆参观，我宁愿呆到薄霭时分，在蒲溪河的微漪里，看华灯映水，我甚至开始憧憬坐在画舫里听着桨声漪漓到天明……

参观了七宝书法艺术馆，又回到“蒲溪书画社”。这边，杨耀扬老师已铺开红星宣，左手夹一支烟，靠在后腰，却不抽，右手执一枝长毫，断杆的，蘸墨，却不写。那执笔的手在空中点顿翻转，尽兴舞蹈了一番，随着兔起鹘落，倏地“杨氏舞蹈”从空中移向纸面，落笔沉稳，线条飞动流畅，随着舞步的波浪起伏，几个接连不断的潇洒旋转后“汉书下酒 ”四个行草书现于纸上。“思逸神超”笔触沉着，字画匀净，“逸”字最后一笔裹锋直入，渐按渐行，笔至画之末端，顿而围转向左上方回锋收之，状如覆舟。“游于艺”、“无所争”欹侧有姿，笔致洒脱、放逸。杨老师还欣然题写了“静岗沉斋”“半闲屋”等斋名。

室内有墨香萦绕，室外一株桂树，随风摇曳，舞姿翩跹起来，似乎是在助兴。舞者酣畅，观者神往，“此时无声胜有声”，在这样的时刻，让人感觉多呆一秒都是一种美丽。

到薄暮时分，我才离开。一跨进地铁车站，立即被来去匆匆的喧嚣人群包围，一时间恍如隔世。忽然感到那份宁静离我那么远，也那么近了。

老宅与翰青雅集

一边是河岸，一边是绿林。车子缓缓驶入康桥镇沿北村一条长长的小径，经过一座土黄色老桥，左拐便是传说中的浦东老宅了。

一个遗世独立的地方。白墙黛瓦、绿树枯苇，池塘边，几只大白鹅昂昂地引颈唤着。夜悄然来临，一排老宅亮着灯，天上一勾斜月映照着人间。

拔下门闩，门吱呀一声推开，老物件在那里静静地等候十几双眼睛的触摸。拔下门闩的是这里的守护人老王。老王大名王炎根，一个土生土长的上海人，花费十六年时间，还原翻建了一组上海老建筑群落。

“我想造一个浦东老的民宅的代表，反映浦东 50–80 年前民居生活状况，让后代看看祖辈们是怎样生活的。”老王有 70 多岁，中等身材，一头白发，一件大地灰外套，脚蹬一双布鞋，讲一口纯正又接地气的“浦东闲话”。这个地方占地 40 亩，有 200 多间老屋，复建共使用了 400 多扇门、700 多扇窗、2000 根梁柱、近 2 万根椽子、140 多万块小青砖、1.6 万多副滴水瓦……这些建材都是老王从推土机下抢救出来的。他蹲守、穿梭在浦东高桥、高行、东沟、川沙、周浦等村镇的拆迁工地，哪一样都曾拨动他的心弦，总想留住什么。最初一个简单的想法，支撑起了他所有的梦想。如今，这里成了浦东乡愁的慰藉地，被上海大世界吉尼斯命名为“用拆迁老建筑构件建造的最大建筑群”。

听老王介绍老宅的几大特色：仪门头、象门间、砖雕照壁、客堂、转弯连廊、长过弄等。他随口蹦出一首首童谣、打油诗，体现了这些建筑的特色和乡俗，让人记忆深刻。长过弄：

两头大门长过弄，对面成双十四间。
落地四季有青苔，抬头看天一根线。
入内静听落雨声，大红灯笼挂两边。
人来客往度时光，此处本是休闲地。

在时间的另一头，去邂逅它最美好的一面。他，不是专业设计师，但用最朴素的设计让你感觉到生活的气息，感觉到离田园土地和绿色的生命近了。

有一座桥系在河水的腰间，名曰承启桥，此桥乾隆四十三年建造，三跨双拼的石板桥，历经沧桑，栉风沐雨。如今默然矗立着与老宅相伴，如同一个很有故事的老者。古桥有着属于自己的那部分回忆，它能记起每一个日出与黄昏的模样。有桥联一副：“一虹高挂骑驴客，半月遥迎荡桨人。”

走上承启桥，那一刻，我想起小时候通往外婆家的那座高峰桥，桥架在白茆塘上，常常河对岸传来外婆呼唤我的声音，我就知道外婆要来了，口袋里准是藏着好吃的，也许是一把红枣。现在这座桥早已不复存在了，外婆也是，只能梦里相见。梦里，外婆熟悉的身影与小村、远树、河水融合在一起。

走进百姓人家、小康人家、富裕人家三个主题院落，这里还原布置了各阶层人们的日常生活场景和一些家什，水车、竹筐、织布机……我还看到了我小辰光的学步桶！老王一一发问：“这是什么？知道这是哪个年代的吗？这件东西有啥来历？用的什么材料？派啥用场？你们猜一猜吧！”

初冬的月又清又冷。老王推开一扇门，又打开一扇窗，开关之间，恍惚时光流逝。跟随着他来到一处庭院，“翰青雅集”四个字映入眼帘，是画家乐震文题写的 。

乐震文说：“上海有太多的展馆，唯独缺少这生活状态里的展览场所。我总觉得艺术要有地方不计功利，不计名声，不论职位高低，有这么一个环境，大家一起对艺术进行探讨多好。我参加了太多的研讨会，现在很多研讨会基本上都是赞扬为主，批评极少，我想我们就做个纯粹点的文化设施吧。‘翰青雅集’这名字，体现了我们这群人是纯粹地玩艺术。”

我环顾整个空间，一方茶桌上置壶、杯碟等茶具若干。邀约知友，喝茶论道，端起与放下之间，滤去了浮躁，心境变得自然、纯净。在茶室之中，随意翻书、品画、聊天，在平淡里觅得一院子清欢。墙上挂着几轴山水小品，画里一抹远山、一溪烟柳，疏篱下独自幽香的菊开着，风吹起哨音。画外几度冷暖，几许纷繁。

书香茶韵，这里演绎着一场场文化交流：竹里担风——扇面作品邀请展、观极思味——翰青雅集 2017 书画年展、上海青年水墨书画作品推荐展、“对话老房子”新春设计沙龙……

“‘翰青雅集’的主旋律是紧紧贴近老百姓，不搞高大上。”正如乐震文所说，在这样一个场域，浦东老宅与“翰青雅集”的牵手，让读书品画成为一种日常生活，一切悄然发生着，笔与纸的对话，色彩的碰撞，思想的交流，心灵的滋养和回归。那种对艺术的爱是简简单单的，不掺杂任何功利、世俗的因素。老王和乐震文都明白，一件事一件物，它真正的价值体现在哪里。

吃在巍山

巍山不是山，它是南诏故里。从大理古城乘坐直通车到巍山，七十公里的车程，很方便。到了巍山，我感觉来到了另一个世界。

天边都是金粉色。拱辰楼，明代古楼。在“万里瞻天”巨匾下留影，再慢慢地溜达。

古城小巷，一砖一瓦，泛着闲淡、古旧的气息。游人寥寥无几。一些老屋的门上贴着白色对联，“龙隐海天云万里”“鹤归华表月三更”“驾返”“蓬莱”之类，毛笔字不算好，但一律地没有火气。

看到几家小吃铺子，粑肉饵丝、豌豆粉、米凉虾、糯米棠梨花粑粑、鲜花乳扇、牛奶乳饼、蜂蜜浸的蜜饯，都是当地人在守着摊位卖。基本上没啥顾客，老人搬个凳子随意地坐着，眼睛望着什么地方，发呆。那种无所事事的感觉，也好。

云南有吃花的习俗，我在云南吃了很多花，每餐必吃。还来到农贸市场，眼睛大快朵颐，这边的花一堆一堆的。其实在上海，我多少年不曾去过菜市场，主要是晕那个味。在这边不一样，有花香啊。总会遇到一些老外，扛着相机在菜场穿梭，招摇而过。老外是真正会玩的，又是大吃货。

在街边小摊尝了棠梨花做的粑粑，黏而松软。粑肉饵丝，两人要了一碗，没想象的好吃，肉有点油。一个干瘦的老人，收拾好碗筷，抓了一把枇杷放在我们手中。他说是自家树上的，喜欢吃可以去采。跟着他进了小院。“五月枇杷满树金”，果然一棵老树上长了黄澄澄的果子，看着就很甜。自从我下载了一个 APP，便经常在云南以外的地方吃到云南的水果、小菜，但总觉得没有在当地的好吃。也许是经过了一些流通环节吧，水果、小菜都老大不乐意了。

院子里还有一口老井，井壁已经被绳子磨出了几道深深的印痕。我往里看，看着看着，想到了千夜的诗句：“那是一口永远也不会干涸的井 / 天空中有满月的倒影 / 脐带的脐带连接着星辰和大海……”

在南诏镇几条街巷有纯手工制作的蜜饯，几十口锅上贴着红色标签“山楂”“橄榄”“雕梅”“枇杷”“无花果”“槐花”“天麻”“沙参”等，多用蜂蜜浸泡的，还有益母草膏、五味子膏等养生小吃。刘记仁辉铺子的一位女子，穿件花衣，梳个发髻，她说手工益母草膏“一勺膏滋十碗药”，专门调理女性经期问题，可以暖宫调经补气血。我看这种益母草哪是什么草呀，浑身开满了紫色的花，像展翅的蝶。诗经《中谷有蓷》，蓷是益母草。晒干后入药。

“中谷有蓷，暵其乾矣。有女仳离，慨其叹矣。慨其叹矣，遇人之艰难矣。

中谷有蓷，暵其修矣。有女仳离，条其啸矣。条其啸矣，遇人之不淑矣。

中谷有蓷，暵其湿矣。有女仳离，啜其泣矣。啜其泣矣，何嗟及矣。”

开头用益母草起兴，把有益于生育的药草与被抛弃的女子摆在一起，更显女子的悲剧命运。中国妇女地位的低微，已经有两千年以上的历史了。

我问，益母草膏是用哪些中药材熬制成的？花衣女子答：益母草、红枣、枸杞、当归、三七、生姜、野生茯苓，以及本地特有的几款草药。哪几款草药？她笑了笑，那是秘方，不能说的。

神秘的云南大地，云南药给人的感觉也总是神秘，如魔术师手中的黑色幕布。

朋友们来云南总要带回三七、天麻、铁皮石斛、冬虫夏草等药材。记得有人给了我一支雪莲，打开看时惊艳了半天，“风拂玉树，雪裹琼苞”，冰肌玉骨，似真似幻的一位白衣女子，便小心地收了起来。没料到过段时间打开再看，惊呆了，好端端一个明眸皓齿的白衣女子散了架，就像毒发身亡。心想这种“仙物”还是回归高山雪线的好。

摊位上还有酱蚂蚱、野生油鸡枞、松茸酱等。酱蚂蚱是拌米线、面条、饵丝的调料，也是下酒菜，据说还有温胃助阳药食同源的功效。反正我是不吃蚂蚱的，吃了会做梦，梦里它有短鞭，会抽人。

逛到后所街，有家“苏老三一古面”。啥叫一古面？旁边有个女子在晾晒松花粉，她说一古面就是一根面。“一碗面是一根，一锅面是一根，一家人吃的是一根。”有意思！门口贴有对联“银线金丝精工艺蒙阳特色，山珍美味巧配合南诏风情”。

女子用手指着店招，比划着跟我说：“他家拿过大奖。2011 年苏老三在拱辰楼广场申报了‘上海大世界吉尼斯记录’，是‘中国最长一根面’！那天广场上有几百人，一个接一个，面有好几千米长，绕几个圈都不会断。他家的这个面好，面筋和别家的不同。”。

听说苏老三很任性，到中午 12 点就停业了。进门，见院子里整齐地摆了四五桌，食客陆陆续续，走了又来了。一口大锅热气腾腾，忙着往锅里下面的苏老三,四十来岁，不胖不瘦，皮肤古铜色。他双手翻飞，老长的一根面经他的拉扯在空中舞成了S形。我凑近看，一个大盘子里，面条像蚊香一样盘着，另一头翻飞着入了锅。

猪筒子骨熬的汤，红红绿绿的浇头，火腿丝、红辣椒、竹笋、韭菜等。面蛮有嚼劲，这么长的面吃起来一点也没觉得纠缠。对我来说，好看胜过好吃。

苏老三传承了母亲赵老太太的手艺。十多年前，昆明北大门有个烹饪比赛，“万人同吃一根面”。赵老太太按巍山民间习俗，做成了一根长几公里的面条。

那场面有点像武林大会。

梁大小姐宅

小巷纵横交错，穿梭在巷道、土墙、阳光投射的各式光影之间，像是走在迷宫里。迷宫至少要有一个解。终于，狭长的小巷那头出现一个女子，让我们的眼睛一亮。

巍山是云南四大文献名邦之一，此行最不能错过梁大小姐宅。

民俗博物馆的主人邹敬谦、李惠丽夫妇，租下了这个宅院。见到我们就问，两位怎么知道这里？我们这很难找。这是巍山民国时期民居建筑的代表，位于拱辰楼以北人文巷 21 号。宅院占地面积 995 平方米，一进两院，传统的三坊一照壁式结构。三坊一照壁是大理建筑艺术中特别的存在。

青瓦白墙，每家都有洁白的照壁。照壁很有看头，有绘各种水墨图案的，有题书的，根据院落的方位，比如南边的题“彩云南献”，东边的题“紫气东来”，背山靠海的题“苍洱毓秀”。还有飞舞在白族照壁上的姓氏文化：“清白传家”源于东汉杨震清白为官的故事，主人是白族杨姓人家；“南诏宰辅”是董姓人家，说的是大理董姓始祖董成为南诏国清平官的事；至于“青莲遗风”自然是李姓人家。人们出入院落，气流绕照壁而行，藏风聚气，照壁福佑着每一居所。

寻常深宅，旧院古木，藏着如烟往事。

梁大小姐是大马锅头的闺女，有种说法，半个巍山都是她家的，可惜三代单传，大马锅头便建了房给闺女招个女婿。在外张贴一对联，上联“门前一棵槐，老汉亲手栽”，征下联。一两年过去，没人对上。有个赶马的小伙，无意中救了一个算命先生，算命的就把下联告诉了他“乌鸦不敢站，只等凤凰来”。对上以后，小伙便入东床。当然，这是李惠丽老师讲的故事。

邹馆长说他父亲喜欢收藏古物，在父亲的影响下，他四十多年来收藏了上万件，艰辛但执着。1997 年邹敬谦父亲去世，在整理遗物时，他决心要办个“民俗博物馆”。2010 年，邹敬谦在巍山古城南街租了间民房，开了巍山县的第一家民俗博物馆，向世人展示南诏文化、马帮文化等厚重的巍山历史文化，有两万多件各个朝代的古董。2014 年 1 月搬迁到现址。

李老师告诉我们，此馆用去了他家30年两代人的心血，并变卖了房产，还欠着外债。现在不以盈利为目的的民办博物馆基本上都难。游客要参观的话，每人支持20元维护费为谢。

“县里的博物馆那么多人，我这里没有人，只能看一间开一间。”李老师手提一大串钥匙，跟随着她的脚步，仿佛跨越了几个朝代。

新石器时期的石斧、战国青铜器、古老唐卡、光绪年间的房契、证照……博物馆有土司文化、彝族婚俗、狩猎文化、佛教艺术、甲马拓印等十多个展区。不用隔着玻璃，和这些古物亲密对视，它们背后都有一个故事，也不乏珍品。我看过一些展览，具有民俗文化特色的，需要应用场景复原的陈列方法，才能体现民俗文物的原始状态及存在特征。可是由于资金、场地、人力的因素，这里的藏品谈不上展陈，只能算是归类摆放。

自然光倒是有的，也有人工照明。李老师打开小手电筒，一束光便照向了黑黢黢的角落。上帝说:“要有光！”于是，就有了光。

角落里，十几个不同年代的花瓶，环肥燕瘦，你挨着我，我挨着你，一个个蓬头垢面的……

还有苗族的芦笙、银饰，彝族婚嫁服饰、绣片等，也有为央视三套拍摄而提供的彝族贵族的嫁衣。这里是道具的宝藏。我们又看了小乘佛教、大乘佛教、藏传佛教的文化。想来也不奇怪，巍山是茶马古道的重镇，有悠久的马帮历史，马帮比现在的快递要走得远，就把外国的一些东西带了进来。

素有“佛教熊猫”之称的贝叶经，经文难懂，但惊艳。不知哪一片是唐僧往西天取经时带回来的。在贝叶上刻经，是修行的一部分。李老师一脸无奈：因为没有条件保存，我的贝叶经受潮了。

在甲马非遗展区，三面墙上都是甲马版画。“甲马”起源于唐朝，是手绘的彩色神像，因大多披甲骑马，又叫甲马。甲马的实质是木刻黑白版画，版画拓印出来的就是甲马纸了。百姓会在七月半和春节买来烧纸图个平安。这边有个体验项目，游客可以挑选自己喜欢的甲马拓印。我后来在年初五迎财神那天，忽然想到了这个法子。可是远水解不了近渴，就索性自己画了个财神爷。

正面空地上有一大堆雕花木板，同样蓬头垢面的。李老师说：“不维护的话，可能被人拿去烧火，烧了一片，就找不出第二片来。”

我细看一块描金的床板，雕有吉祥神兽：火麒麟和凤凰。镂空雕，而且是浮雕，做的是3D，它可是立体的哦。先人们把自己的思想与希冀嵌入了时光深处。而现代人浮躁，哪里会坐下来慢慢想，不计时间，不计成本，用心打造匠心之作呢。现在这种手工雕花工艺都快失传了吧？

李老师打开一间又关上一间门。

“我和先生，一个有高血压，一个患糖尿病。两口子两代人费心费力地把着这里，过些年也不知道这些东西在谁的手中了，所以我们给南诏博物馆和中央民族大学捐赠了一些藏品。”临别时，她说。

他们一直在寻寻觅觅，想给藏品找个好的归宿。

沙溪，让灵魂净下来

来一场说走就走的旅行。在云南大理风花雪月后，阿弟向我推荐了茶马古道上的唯一幸存的古集市——沙溪古镇。他说沙溪古镇就是10年前的丽江，没有“开发”，一个自然原生态的地方。

从大理兰林阁出发，我和依乘坐往返沙溪的巴士，两个小时便抵达古镇。小镇很小，群山环绕。

沿着铺满鹅卵石的古巷，经过小理发店、卖松茸农产品的铺子、临街格子门木雕窗的民居小院、咖啡馆和文艺店铺，便看到街边墙头的客栈指示牌。游人不多，三三两两的从弯曲巷道走出，喜乐客栈便在眼前了。

喜乐客栈是新建的民宿，有客房三间。小院子里有书香和花香，时光静静流过，感觉清净、亲近。与老板娘小吴没说上几句话，她便匆匆忙忙地出门赶集。这个来自武汉的女子，在昆明从事建筑设计工作，几年前来此地旅游，一来就喜欢上了这里。她说去过很多地方，沙溪有她要的生活方式。她辞去了工作，在当地建了喜乐客栈，住着就心生欢喜。她像当地人一样背起竹篓，上街采购一周的物品。

每逢周五，村民会从周边的十几个村庄过来，有些住在山里的天还未亮就下山，他们带上自家的土特产摆起摊。小镇的人们在这一天都会放下手边的活，去集市采购一周的食材和用品。我不由想到了“大理三月街”，一个有着千年历史的民族传统盛会，每年农历三月十五日始在大理古城西门外举行，会期七天至十天。令人失望的是，现在的大理三月三盛会更像是大型商品交易会，各地商贩的叫卖声不绝于耳，整条街被围得水泄不通。当地的原住民却很少。

小吴告诉我们，除了这种传统的集市，沙溪还有一个骡马市，一大早就进行交易了，去晚了可能看不到。我是个不爱走路的人，但是在这里，我愿意用双脚去感受这座古镇。径直前往骡马市，过了玉津桥往左拐，走了七八百米，便看到了草场，一个大马厩，却只有几匹马在那儿优哉游哉地吃草，一只看门的黑色大狗朝着我们吠了几声，显然骡马市已经散了。

风从野外吹来，身旁大片的田地、菜畦流动着绿色，远山朦胧，云树村舍影影绰绰，如在画中。

到了四方街集市，只见一长溜的摊头，当地的男女老少，来来往往，在摊位前选购、聊天。他们交易的有大米、土豆、山上采的野菜、蜂蜜，鸡枞菌等一些干货、药材、还有劳动用具。我看到小吃摊位有现做的稀豆粉、豆腐脑，一一品尝，味道很赞。

下午，人们的背篓里陆续装满了各种物品，满载而归。有些人要走很长的山路深夜才能到家。

逛了大半日，有些累了，依提议去白族餐馆“翕庐”吃饭。饭店就在自家院子里，很安静。院里的花开得正好，有两只美丽的鸟对唱，说着它们的语言。

我们找了几个矮凳子坐下，看两三个阿姨在不远处拣菜。香茅草油炸排骨有种独特的清香，紫心土豆用酸菜炒的，风味独特，松茸鸡汤是来这里必点的一道佳肴，味道鲜美，松茸是沙溪的特产。一位鹤发童颜的老者走过来，问我们饭菜合不合口味。在攀谈中我了解到“翕庐”不简单，这是家族传承的店铺，有祖训家风激励后人。

这才注意到正门的红底金字招牌“翕庐”，旁有题跋：翕乃和顺之意……应遵循先祖和顺治家之训，方能达兴旺繁盛之德。两边贴有一副红色对联：翕和昌期长世界，兴隆时至锦添花。横批：一元复始。店堂墙上挂有“观瀑图”，乙卯段渭雄贺。这是一家有故事的餐馆。

一路闲逛，在古巷道看见一些民宿错落有致地镶嵌在山坡上，坎坷的路面让人放慢脚步，古道、古街在悄悄诉说着它的过去。

沙溪的核心与灵魂是寺登四方街。街面铺装用的是当地丹霞地貌的特产——红砂石，历百余年，这些石头像是从地面长出一般，融入了环境之中。寺登街的核心是魁阁带戏台。魁阁是清朝嘉庆年间建造来表彰文功的，三层楼阁，面向街场的一侧有个戏台，戏台演出的剧目中，曾经有一出叫《双槐记》。应景的是，街场当中就有两颗参天老槐，它们静以不言而寿，见证着世事沧桑。魁阁最顶层供有魁星像，魁星是道教中主宰文运的神。在“文革”中，古戏台被当作封建糟粕尽数砸毁或破坏，直到 1990 年修复。读一读阁内外的匾联，“笔点文章先点德，斗量阴骘后量才”，以德为先，德才兼修方能致远，我想拜魁星的意义也许正在于此。据说沙溪四面方圆几公里都有值得溜达的古村，村中都有魁阁带戏台，比如北邻寺登的福寿长、黑惠江东侧的北龙村、距寺登街 3 公里的段家登，现存有清道光年间的戏台，雕梁画栋，保存完好。

时间在建筑上悄悄地留下印记。喜乐客栈的小吴告诉我，沙溪寺登街区域入选“2002 年 101 个世界濒危建筑保护名录”,2002 年 8 月“沙溪复兴工程”启动。这个名不见经传的古镇是瑞士人首先发现的。沙溪修缮项目由国际基金会赞助，十年前修缮工作就已开始，宗旨是修旧如旧。来自瑞士的雅克博士是总建筑设计师，还有一位叫黄印武的专家，自2003年起担任沙溪复兴工程瑞士方代表，他写了一本书《在沙溪阅读时间》。我翻阅了一下，书中有句话说得好："文化遗产保护的成败取决于'阅读时间'的能力。"

阅读时间、尊重历史，将隐匿在蛛丝马迹中的时间一一展现出来，慢工才能出细活。要感谢瑞士专家，保留抢救了完整无缺的戏台、马店、寺庙、寨门、石桥、古道、古街，这里才依然宁静如初。我们走在古巷中，时不时地总能遇见几个金发碧眼的老外，据说四联村有美国人开的客栈，可提供五间客房供游人住宿。

我们在通往东寨门的小巷发现两个冰臼，这两块石头远在冰河纪就已经来到了沙溪，可惜一个已被破坏了一部分。我想到了世界纪念性建筑基金会所说的：一个建筑已经存在了好几个世纪，并不意味着它将永远能和我们在一起。

晚上，我和依穿过伫立了好几个世纪的东寨门，来到玉津桥畔。满天的星辰，又大又亮。桥头，三三两两的游客伫立着，夜风吹散了他们的发。桥下，黑溏江蜿蜒曲折地流淌了千年，茶马古道上，马队已渐行渐远。远处，一盏盏灯火次第亮了起来，古戏台凝望活着的一切，时间仿佛静止一般，古镇更加宁静。

红豆　红豆

红豆树的模样，每次看都不同。

这次只为了看它而来。红豆树在整个江南地区都难觅踪影，显得特别名贵。

常熟有 4 株红豆树。一株在市郊北门板慈桥旧山楼；一株在西门街水居丁宅；一株在白茆乡红豆山庄，钱谦益晚年和柳如是曾经移居此庄；还有一株在曾园（曾氏虚廓居）。

《江南园林志》记述：虚廓居，在九万圩，本明钱岱小辋川故址。清光绪时，曾之撰凿池构屋，俗称曾园。

曾园的这一株，属明朝旧物，稀罕。

这棵树风枝雨叶 360 多年。我几年前来过，十几年前也来过。印象中的红豆树是娇小的，就像二八少女，倚着一片白墙。这次一见高大魁梧，底下居然有点空心了。树干高过房顶，直冲苍穹，房顶是曾朴纪念馆的房顶。半世风流孽海花的作者曾朴，每天透过窗户望着它。

这株古红豆树在 1992 年、2012 年、2015 年开过花，2015 年开得最盛，是那种密密匝匝的小白花，花里带一点鹅黄，我想象中的唐朝女子画在前额处的额黄（鹅黄）。红豆树到底多少年开一次花，谁也说不清楚。她是高兴开花了就开花，想怎么开就怎么开。它一任性就二十年开一次花，二十年哪，媳妇熬成了婆婆。

这次见，一朵花也没有，只有稀稀疏疏的树叶，挂在浩荡的春风里。

曾园的这个角落，多少显得寂寥、冷清。其实不止这个角落，整个曾园即便水流花开，走在柳堤桥亭，也总是一个“静”字静静地弥散开来。

我想应该是虚廓园的缘故吧。《淮南子》“道始于虚廓，虚廓生宇宙。”寄寓着“宇宙无尽，人生空虚”之意。

即便人生空虚，红豆树的花朵还是会长出绿色的豆荚，从绿色中孕育出红色，红豆。

我喜欢红豆这个词。明亮、艳丽，有情绪和温度。

我见过红豆，但不是豆荚摇篮中的红豆。红豆是 20 多年前小 s 送我的，半红半黑的，貌似是王维诗中的红豆。十几颗红豆拥在一个小盒子里，盒子有点像首饰盒，盒面是一层透明玻璃，是小 s 从南国带回来的。他送给我的时候，说的什么我都不记得了。几次整理东西时，看到了，会打开盒子，把玩几下。红豆年复一年地在那里，没有长大变老。

又想到多年前的一曲《红豆》：等到风景都看透，没有什么永垂不朽。

腾空而起的树

一棵老树，在傍晚的天光中腾空而起。根球飞动的姿态，像悬浮在空中的月，让人有些恍惚。夹杂着人声、机器声，它慢慢地落下，着地。

那天在董浜，看工人移树，这是我第一次看移树。乡下新房子造好后，这棵树却正对着大门，自然要挪窝了。

屋后的竹园里，还有两棵树，和其他杂树不一样，从树皮就能看出来。一棵朴树，一棵鸭脚木，从我公公年代就落地生根了。如果不是要规划成小公园，谁也不会注意到它们。被密密的竹子遮掩着，它们自顾自地成长、自顾自地美丽。也不知道当年是谁种的，树种是从哪来的，是哪只小鸟衔过来的么。

在我印象中，有一棵桃树，在东张。我和弟弟在老屋墙根处发现了它。我一眼就认出了我吐的桃核。我吐了很多桃核。有一颗长出了绿绿的小身段，我们欢呼，随后，姐弟俩一起把桃树苗挖了出来，移到屋侧的一口井边，种下，弟弟当场撒了一泡尿，说给它施肥。这泡尿真长啊。

忽然某一天，桃树开花，结果了。它疯了似的，在空中盘旋，长得又大又高。我和弟弟在树下，仰着小脑袋看叔叔们爬上云梯，摘桃。后来我在上海读小学了，读到《西游记》王母娘娘开蟠桃盛会，读到花果山福地“仙桃常结果，修竹每留云”，眼前就会出现这棵桃树。

那年，家里也不知道有什么喜事，门口聚集了一些人，可能是我爸爸回来了。从小我就骄傲，因为爸爸是解放军，军帽上有颗闪闪红星。每次他回来，家里就像过节一样。那天，我掉了一颗牙，有人把它扔到屋顶上去了。我看着我的牙飞身上房，翻一个跟斗，蹲在一片瓦上。这颗牙掉得可真不凑巧，没法吃螃蟹了。记得爸爸把我抱起来，我坐在他高高的臂弯。他倚着门，一边和邻居谈笑风生，一边给我剥蟹脚吃。人群中有人说“海红多开心呀”！那天，从爸爸高高的臂弯望去，天边一片红云，美得奇异。

还有一棵桑树。我吃到的桑葚，是几个顽皮的男孩用竹竿打下来的。他们猫步轻盈，躲过大人的眼，很有些粗鲁地敲打树枝。起初我不敢吃，觉得桑果红得发紫，吓人。红得发紫，总是吓人的。而且，果子掉在地上，有的脑浆迸裂也可怕。后来见小伙伴都说好吃，便一起甜蜜地吃着，笑着看对方被染红的嘴。这棵桑葚树就长在我家门前，近路边。走过路过，一低头会发现，脚边总是滚落了几棵桑葚。日子也是这样滚落的。

我用桑叶养过蚕，养过好几批。蚕卵小小的，像火龙果的籽。放在火柴盒里，垫一层纸，紧贴着内衣，焐热了，看小蚕乖乖地孵出来，心里又有些怕又有些期待。蚕宝宝的胃口真大，常常为了新鲜的桑叶，我跑东跑西央人采集。好几次在换桑叶时，我的蚕宝宝不小心掉到地上摔晕了，有的翘辫子了。坚强地活下来的，都爬上了金黄的麦秸，结茧。我的小叔叔不得了，他的麦秸一长溜排开像列队的士兵。上面满缀着蚕茧，一颗一颗白得发光，就像银河系里明亮的恒星。

未经羽化的蚕茧内躺着一枚黄棕色的蚕蛹，像个小人般可爱。却被调皮的孩童咔嚓一剪刀，剪开了一条裂缝。童年被撕裂了。

外婆是最有耐心的。那几年，我和弟弟藏身在树背后、白茆塘边、芦苇丛中……听着她急急的呼唤声，一遍又一遍。那么小，就开始练习承受黑暗的技巧。最后，在河水的一进一退中，在岁月的风声中，外婆不见了。

图书在版编目（CIP）数据

大雪在人间 / 羽菡著. -- 上海 : 上海文化出版社,2020.5
ISBN 978-7-5535-1917-3
Ⅰ. ①大… Ⅱ. ①羽… Ⅲ. ①散文集－中国－当代
Ⅳ. ① I267
中国版本图书馆 CIP 数据核字 (2020) 第 054105 号

责任编辑：郑　梅
封面设计：王震坤
版式设计：陈　阳
插　　图：车前子

书名：大雪在人间
著者：羽菡
出版：上海世纪出版集团　　上海文艺出版社
地址：上海绍兴路 7 号　　200020
发行：上海世纪出版股份有限公司发行中心发行
上海福建中路 193 号　200001　www.ewen.co
印刷：上海商务联西印刷有限公司
开本：850×1168　1/32
印张：8.625
印次：2020 年 7 月第 1 版　2020 年第 1 次印刷
ISBN 978-7-5535-1917-3
定价：42.00 元

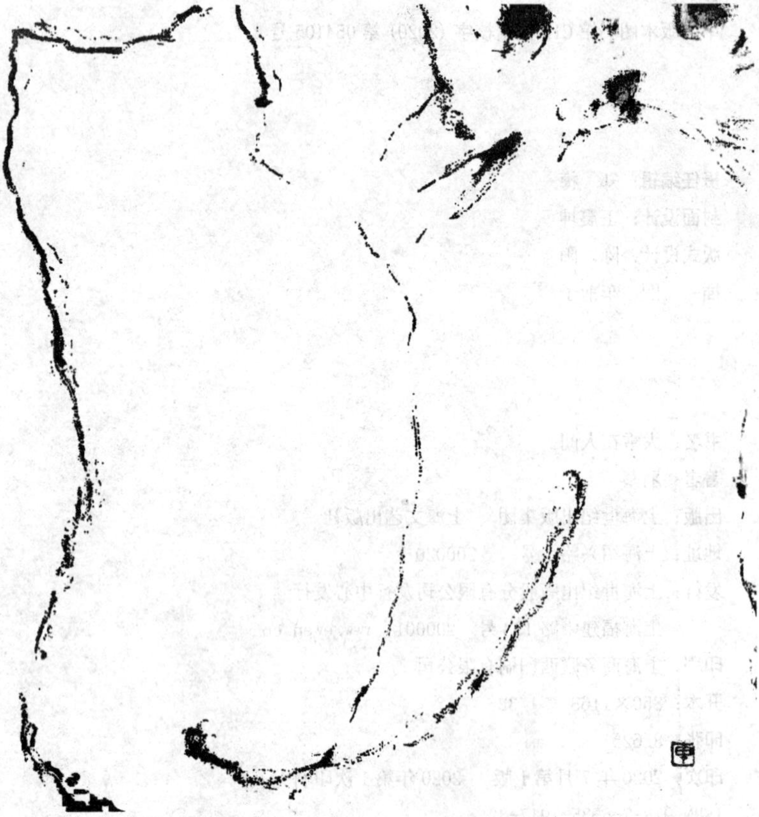